Der Weihnachtsmarkt-Kleptomane

und andere
Weihnachtsgeschichten

Rainer Franke

Der Weihnachtsmarkt-Kleptomane

und andere
Weihnachtsgeschichten

Mittendrin und Drumherum - 3

Bibliografische Information der
Deutschen Nationalbibliothek:
Die Deutsche Nationalbibliothek verzeichnet diese
Publikation in der Deutschen Nationalbibliografie;
detaillierte bibliografische Daten sind im Internet über
http://dnb.dnb.de abrufbar.

Illustration: https://pixabay.com/

Herstellung und Verlag: BoD – Books on Demand,
Norderstedt

ISBN: **978-3-7392-0183-2**

Inhaltsverzeichnis

Vorwort

Weihnachten ist immer, immer und ewig, damals, heute und bis die Erde untergeht. Wahrscheinlich auch noch danach. Nur merkt es dann niemand mehr. Oder bis etwas noch Besseres erfunden wird. Das wird nicht leicht und ist unvorstellbar.

Weihnachten ist Schwerstarbeit. Da kommt man ins Schwitzen. Deshalb wurde das Fest auch in die kalte Jahreszeit gelegt.

Wir brauchen einen Masterplan, ein schlagkräftiges Team, einen Projektmanager, ein Budget, eine Espressomaschine und vor allem starke Nerven. Nur echte Feiglinge buchen eine Pauschalreise ans andere Ende der Welt. Dann jammern sie, Weihnachten am Sonnenstrand wäre wohl nicht das Richtige.

Das Projekt startet pünktlich am 27. Dezember des Vorjahres. Erster Punkt ist, sich von den Strapazen des letzten Festes zu erholen. Das muss sein! Aber dann geht es ganz langsam mit Volldampf voran. Wir feiern Silvester, planen den Winterurlaub, nehmen uns vor, mal wieder ins Fitnesscenter zu gehen. Das wollten wir ja schon vor drei Jahren, vor zwei und letztes Jahr sowieso. Aber jetzt wird es angesichts der stöhnenden Geräusche, die unsere Waage von sich gibt, Zeit, dieses Vorhaben in Angriff zu nehmen. Wir beschließen, ein neues Messinstrument zu kaufen, ein besonders solides Gerät.

Plötzlich, müssen wir für den Nikolaus die Stiefel putzen. Das große Projekt gerät aus den Fugen. Der Zeitplan ist pure Makulatur. Welcher Zeitplan? Das Budget platzt wegen der Wünsche der lieben Kleinen wie ein wassergefülltes Kondom auf dem Straßenpflaster. Schließlich können unsere Kinder nicht mit Socken aus dem Discounter in die Schule rennen.

Jetzt hat Luise, die beste „beste Freundin" von Elvira, der Frau des Hauses, die grandiose Idee, den Weihnachtsbaum mit Wachskerzen zu schmücken. Wir müssen diesem Trend natürlich folgen. Karl, der Herr des Hauses, plant sicherheitshalber eine neue epochemachende Brandschutzeinrichtung. Diese besteht aus einem Zettel, auf dem die Notrufnummern der örtlichen Feuerwehr, Polizei, vom Krankenhaus und vom weihnachtlichen Kummertelefon notiert sind. Dumm nur, dass Mutter mal wieder aufräumte und der Zettel spurlos verschwunden ist.

Nach längerem Abwägen entscheidet sich Karl, einen Eimer mit Wasser im Keller hinter die Kartoffelkiste zu stellen. Zur Sicherheit, falls die anderen Maßnahmen versagen. Er hat Angst um sein zu Hause.

Mutter übernimmt jetzt die Projektleitung. Fast bekommt sie einem Nervenzusammenbruch. Der entpuppt sich als kräftiger Durchfall. Sie hatte zu oft den Festtagsbraten, das Sauerkraut und die Weihnachtsplätzchen abgeschmeckt. Hätte sie zwischendurch mal einen Schnaps getrunken! Nun liegt sie abwechselnd im Bett oder sitzt auf der Schüssel. Der Herr des Hauses wird wieder zum Projektleiter ernannt. Zwei Tage vor der offiziellen Weihnachtseröffnung wird beschlossen, Weihnachten um sieben Monate zu verschieben. Es hagelt Proteste aus der Fraktion der Halbwüchsigen. Die können nicht ignoriert werden, ohne das ganz große Chaos zu riskieren. Opa Franz (97) übernimmt in einer Nacht- und Nebelaktion, die eher an einen Militärputsch erinnert, die Macht. Er beschließt, dass die Bescherung doch noch am Heiligen Abend stattfinden wird, allerdings nicht vor halb elf in der Nacht, notfalls erst Fünf vor Zwölf. Zu diesem Zeitpunkt müssen die Kinder natürlich längst im Bett liegen. Das schafft erhebliche Freiräume. Proteste bleiben aus, denn die Betroffenen rechnen fest damit, dass sich Oma Isolde (95) mit ihnen solidarisiert. Außerdem kann sich niemand daran erinnern, dass Opa Franz irgendwann einmal nicht beim Wetterbericht der Zwanziguhr-Nachrichten geschnarcht hätte. Die Oma wird es richten!

Nach diesem Putsch erwacht Karl Kaluschke aus seinem Mittagsschlaf. Er scheint einen schlimmen Traum gehabt zu haben. Opa Franz weilt doch seit Jahren schon in den ewigen Jagdgründen!

Schweiß steht auf Karls Stirn, Sorgenfalten sowieso. In knapp zwei Stunden ist Bescherung. Seine Gattin hat die von ihm verschnarchte Zeit genutzt, die letzten Kleinigkeiten zu erledigen. Kaluschke ist irritiert. Wie bringt seine Holde so etwas zustande? Sie hat weder ein Tablet, noch kann sie ihr Smartphone auch nur ansatzweise bedienen. Sie kann zwar wundervolle iErkuchen backen, aber mit jeder Art von Technik steht sie auf dem Kriegsfuß. Staubsauger, Herd und Mixer zählen natürlich nicht als Technik. Selbst Telefonieren erinnert bei ihr eher an einem Flugzeugabsturz. Und nun hat sie das ganze Weihnachtsfest nicht nur gemanagt, sondern auch selbst vorbereitet. Nebenbei nahm sie die Lieferung vom Internetversand entgegen. Elvira Kaluschke hat etwas im Internet bestellt? Das muss eine Fata Morgana sein, steht für Karl Kaluschke fest. Ausnahmsweise, weil Weihnachten wider Erwarten doch noch stattfindet, lässt er Elviras Eigenmächtigkeiten durchgehen.

Kaluschke schaut aus dem Fenster. Weiße Weihnacht, es hat geschneit. Wie schön, wie romantisch!

Nein, das ist eine Katastrophe! Jetzt muss er raus, Schnee schieben. Während Kaluschke hektisch seine Pudelmütze, die dicken wollnen Handschuhe und die Felljacke sucht, steht Elvira andauernd im Weg herum. Er hat jetzt keine Zeit, schiebt sie von einer in die andere Ecke und schimpft vor sich hin. Schließlich muss er noch die achtzig Meter Gehweg von den mindestens fünfzehn Zentimetern Schnee räumen.

Schnell noch den Schneeschieber aus dem Keller geholt und los geht es.

„Wer war das?" Der ganze Weg ist längst freigeschoben. Kaluschke muss sich erst einmal setzen. Er ist fix und fertig, so als hätte er achtzig Meter Gehweg von fünfzehnkommafünf Zentimetern Schnee befreit. Jetzt endlich kommt Elvira zu Wort:

„Ich habe doch schon den Schnee geräumt. Du hast so schön geschna…, äh, ich meine geschlafen, da wollte ich dich doch nicht stören!" Kaluschke ist platt. Jetzt braucht er erst einmal einen starken Kaffee. Wie er seine Elvira kennt, läuft die Espressomaschine längst auf Hochtouren.

Ja, das Weihnachtsfest ist so etwas wie BER, Stuttgart 21 und Hamburger Sinfonie in einem - nur viel dramatischer, jedes Jahr von neuem und ein unkündbares Abonnement! Ohne Weihnachten hätten die Menschen eine mittlere Lebenserwartung von hundertfünfunddreißig Jahren, eine mittlere wohlgemerkt!

Diese Sammlung enthält Weihnachtsgeschichten, die das Leben geschrieben hat. Nichts ist ausgedacht, alles ist real, ist tatsächlich passiert. Na gut, ein wenig hat die Fantasie mitgeschrieben. Was wäre Weihnachten ohne Fantasie!

Viel Spaß beim Lesen!

1 Der lange Weg

Weihnachten sollte man sich langsam annähern. Es ist ein langer Weg, der uns schließlich an unser Ziel, das große Fest, führt.

Im August werden die Regale im Supermarkt inspiziert, im September notiert man die Geschenke für die Lieben auf einer Liste, im Oktober und November schreibt man jeweils eine neue Liste. Die Zettel liegen immer irgendwo herum, nie dort, wo sie gesucht werden. Plötzlich, kurz nach Weihnachten findet man sie dann am richtigen Ort wieder.

In der Adventszeit geht es Schlag auf Schlag. Der Nikolaus kommt, ein Weihnachtsbaum muss besorgt, kühl gelagert und schließlich herausgeschmückt werden. Zu essen soll es zum Fest auch reichlich geben. Es wird gekauft, als ob sich tausend Vielfraße angesagt hätten. Wir wollen uns nicht blamieren. Der Weihnachtsmarkt wartet auf unseren Besuch. Letztes Jahr war der Punsch viel zu süß, in diesem Jahr …

Schließlich fahnden wir schon wieder nach dieser Liste. Doch wir dürfen keine Zeit mit dem Suchen verplempern. Wir müssen los, noch irgendetwas besorgen, in einer halben Stunde schließen die Läden.

Wenn es so schlimm wird, sollte man eine Last-Minute-Reise buchen, irgendwohin, am besten ans andere Ende der Welt. Bei richtiger, generalstabmäßiger Planung wird es so weit nicht kommen.

Der Endspurt   13
24. Oktober

Von der Zielgeraden, eisgekühltem Glühwein,
Herzbeschwerden, Prioritäten, lustvollem
Stöhnen, viel Klimbim, Problemfällen, Parfüm,

einer Espressomaschine, einer Frauenzeitschrift, viel Spachtelmasse, Socken, einer doo-
fen Zicke, Entzugserscheinungen, einem Bauernfrühstück und Vanillepudding

Der Endspurt

24. Oktober

Das Leben ist eine Spirale. Niemals sollte man denken:
„Geschafft! Das war's. Weihnachten ist überstanden!" Im selben Moment geht es wieder ganz von vorne los, wie jedes Jahr.

In zwei Monaten ist es wieder so weit. Dann kommt der Weihnachtsmann. Wir müssen jetzt alle Kräfte zusammennehmen und den Endspurt beginnen. Wir befinden uns fast auf der Zielgeraden, in den Köpfen tönt der Countdown, das Ziel ist am Horizont zu erkennen. Vorwärts!

* * *

Über die Weihnachtstage wollten sie wegfahren, am besten in die Karibik. Auf einem Ozeanriesen unter einer bunten Plastiktanne bei fünfunddreißig Grad im Schatten einen Bratapfel essen und eisgekühlten Glühwein trinken. Das war der Plan. Doch Tante Erna und Onkel Ludwig haben sich für die Feiertage angesagt. Da kann man nichts machen. Der Onkel hat Herzbeschwerden und ist stinkreich. Ob die Tante, die hat ständig diese furchtbaren Migräneanfälle, sein Hinscheiden lange überlebt, ist fraglich. Es sei denn, sie schmeißt sich an den feschen Erwin ran. Auf den hatte sie vor zwei Jahren mal ein Auge geworfen und nur weil Ludwig mit Konsequenzen drohte, hat sie ihre Prioritäten, wenigstens vorübergehend, geändert.

Nein, Pfefferkuchen aus der Augustlieferung im Supermarkt hat Anastasia noch nicht gekauft. Wer tut so etwas? Irgendwer muss doch so verfressen sein. Nur als Dekoration werden die Regale garantiert nicht mit den weihnachtlichen Schokoteilchen gefüllt! Bestimmt gibt es Tausende, die seit Ostern darauf gieren, endlich Pfefferkuchen kaufen zu können. Dann rennen sie ganz heimlich, die Mütze tief ins Gesicht gezogen, von Supermarkt zu Supermarkt und packen alle Sonderangebote weihnachtlicher Naschereien in die Einkaufswagen.

„Oh, ist das lecker!", frohlocken sie. Schnell noch ein Pfefferkuchenherz schnabuliert und noch eins und … Hinterher haben sie Bauchweh. Sie verbringen Nächte mit hochrotem Kopf auf dem Klo. Sie jammern über Verstopfung und schwören, nie wieder Schokolade anzuschauen, geschweige denn ein Stückchen davon zu essen. Geht es ihnen auch nur einen Hauch besser, verputzen sie das nächste Kilo! Die Abführmittelindustrie boomt.

Benjamin, Anastasias Freund, ist solch ein Kandidat. Wenn er Schokolade sieht, dann sieht er rot. Wie ein Stier in der Arena erwartet den erlösenden Dolchstoß, ist nicht zu bremsen.

„Das Zeug schmeckt doch so lecker!", rechtfertigt er sich mit vollem Mund, „Glücklich macht Schokolade auch noch!"

„Da brauchst du mich ja nicht mehr", gibt seine Freundin Anastasia beleidigt zurück.

„Nein, Annalein, so war das nicht gemeint. Komm, greif zu, bevor ich das letzte Stück hinunterwürge." In solchen Momenten liebkost er sie immer mit seinem „Annalein", was Annalein noch mehr auf die Palme bringt. Stattdessen lädt sie ihn zum Joggen ein. Die

Kilokalorien sollen gar nicht erst auf die dumme Idee kommen, sich irgendwo festzusetzen. Doch bei diesem Kerl fühlen die sich nicht wohl. Anders ist es bei ihr. Alleine beim Gedanken an Weihnachten hört sie die Waage lustvoll stöhnen.

* * *

Das Fest der Freude - Weihnachten - ist das Fest des Stresses, des großen Kaufens, der Geheimnisse, der unverstandenen Floskeln, des schlechten Gewissens, des ununterbrochenen Schnabulierens, des gedankenlosen Fressens. Wir sehen es kommen und rennen wie die Lemminge mitten hinein.

Was soll man schenken? Das ist die entscheidende Frage, die uns im Jahresabstand plagt.

Erkundigen wir uns doch einfach mal, was sich gewünscht wird. Die Antwort … Die Frage hätten wir uns sparen können - meistens. Mehr als ein:

„Äh … Hm … Weiß nicht … Muss erst mal überlegen …", kommt da selten.

Ereilt uns selbst diese Frage, sieht es auch nicht besser aus.

„Was soll ich mir wünschen, ich habe doch längst alles und noch viel mehr von solch unnützen Klimbim ... Nächstes Jahr wird aufgeräumt, versprochen!", schießt es uns durch den Kopf.

Bei Kindern ist der Wunschzettel meterlang. Bei Jugendlichen ein wenig kürzer, dafür kostenintensiver. Bei der erwachsenen Generation? Na, das ist eine harte Nuss. Wenn uns etwas gefällt, etwas was wir tatsächlich besitzenswert finden, dann kaufen wir es. Da wartet fast niemand bis Dezember, um es sich endlich schenken zu lassen.

Klug beraten ist allerdings, wer sich bis zum Fest geduldet und mal so ganz nebenbei sagt

„Ach das da, das würde mir schon gefallen." Frauen haben dafür meistens ein Gespür. Und dann steht für sie fest:

„Ja, dieser Ring liegt unterm Weihnachtsbaum." Wie groß kann eine Enttäuschung sein, nur weil er im entscheidenden Moment gedanklich abwesend war? Vor dem Schmuckladen sollten Männer deshalb generell ihre Ohren spitzen. Allerdings: Das wird teuer. Auf keinen Fall sollte er ein Kunststoffimitat aus dem Ein-Euro-Shop besorgen. Dann würde ausgerechnet beim „Fest der Freude" die Sucherei nach einer Neuen von vorn beginnen, keiner neuen Kette, einer neuen Liebsten. Mit diesen miesen Referenzen hat er allerdings schlechte Karten auf dem Markt. Wer möchte auf Dauer Single sein?

Frauen dagegen merken sich jede klitzekleine Regung, sie schnuppern es regelrecht. Und dann wundern sich die Männer, was der Weihnachtsmann unter den Baum legt. Im falschen Moment, vor einem Schaufenster, beim Zeitunglesen, bei der TV-Werbung, so ganz beiläufig zu sagen „Hm, nicht schlecht!", kann fatale Folgen haben.

Männer sind ein Problemfall - weihnachtstechnisch betrachtet. Die haben ganz spezielle Wünsche, damit überfordern sie jede Frau. Es ist hoffnungslos.

Frauen sind ein Problemfall - weihnachtstechnisch betrachtet. Die Männer kapieren selten, dass die Worte der Holden gerade ein potenzieller Weihnachtswunsch sind. Dass diese das Ende allen vergeblichen Grübelns bedeuten. Dass sie sich diesen Tipp einfach mal merken sollten. Schließlich brüten sie am 23. Dezember, was sie schenken könnten, rennen am Heiligen Abend schon früh morgens los, irgendeines dieser höllisch teuren Parfüms zu kaufen. Das ist dann garantiert das Falsche, aber der Name des Richtigen ist dem großen Vergessen anheimgefallen. Wenn man das Zeug iFüm, iPar, iMief, iDuft, iPipi, iKack oder iParfümAir nennen würde, dann könnte man sich das wenigstens merken, dann wüsste man, wo es das inkl. Zweijahresvertrag zu kaufen gibt. Alleine dieses „ei" garantiert Qualität. Was für welche ist doch schnuppe! Und wenn es etwas mehr sein soll, für die Dame des Herzens, dann kaufen wir es iMer-weise.

* * *

Anastasia weiß, was sie will. Sie schickt ihrem Ben eine Nachricht mit der klaren Ansage:

„Schenk mir zu Weihnachten eine Espressomaschine, eine mit Strom und ohne diese teuren Pads." Peng! Das war es. Unten drunter gibt sie ihm den Tipp, die Mail gut zu archivieren und rechtzeitig loszuflitzen, solch ein Teil zu besorgen.

Das kapiert auch ein Mann, Ben sowieso. Meistens jedenfalls, manchmal. Benjamin ist pfiffig und total verliebt in seine Anastasia. Er wächst über sich hinaus und notiert noch das Wort „Kaffeepulver". Sonst wird das eventuell eine Weihnachtskatastrophe, eine Kaffeemaschine ohne Kaffeepulver hat das Potenzial zu einer ausgewachsenen Beziehungskrise.

„Oder wünscht sie sich solch einen Apparat mit integrierter Kaffeemühle?" Das wird teuer. Vielleicht schenkt er doch besser einen dunkelgrünen Bodenstaubsauger von dieser Firma, deren Vertreter vor ein paar Wochen so penetrant nach Dreck in seinem Wohnzimmer gesucht hat. Endlose zwei Sekunden später ist er fündig geworden. Ben hätte ihn am liebsten die ganze Wohnung putzen lassen. Als er andeutete, dass ihm die läppischen zweitausend Kröten deutlich zu viel seien und er im Baumarkt ein rosafarbiges Gerät für unter hundert Mäuse gesehen hätte, ist der maulend abgezogen. Aber nun hat Anna neue Prioritäten gesetzt. Zwei Minuten später schickt sie ihm ein Foto aus so einer Frauenzeitschrift, wie sie immer beim Frisör herumliegen. Jetzt kann er sich in Ruhe entscheiden: Kaffeemaschine in Edelstahllook oder rosa Staubsauger. Beides liegt in derselben Preiskategorie.

Nun hofft Ben, dass er Annas Wunsch nicht vergisst, dass er irgendwann, also rechtzeitig vor dem Fest, diesen harten Weg in den Laden einschlägt.

„Oder kann man solch ein Gerät im Internet bestellen? Bestimmt!"

Im letzten Jahr gab es eine echte Pleite zu Weihnachten. Anna hatte sich ein paar neue, wunderhübsche Anhänger für ihre hübschen Ohren und ein passendes Tuch obendrein gekauft. Dann hat sie es Benjamin in die Hand gedrückt.

„Falls dir nichts einfällt, was du mir schenken kannst, hier ist etwas, worüber ich mich riesig freuen würde. Ich habe auch schon vergessen, was du mir schenkst!" Es war ein genialer Trick! So ein Geschenk kommt richtig von Herzen, von Anastasias Herz!

Zwei Tage vor dem Fest düste Ben dreimal durch alle Geschäfte der Stadt. Guter Rat war teuer.

„Was kann ich Anna nur schenken?" Zuerst erstand er einen riesigen Pralinenkasten. Doch so richtig wohl war ihm dabei nicht, denn sicher werden die meisten Teilchen in seinem Bauch landen. Anna macht ständig eine Diät. Dann kaufte er zwei Musik-CDs. So genau kannte er ihren Geschmack noch nicht, schließlich lernten sie sich erst vier Monate zuvor kennen. Im Buchladen wollte er dann das Buch „Schminken von A bis Z" erwerben. Ihm kamen Zweifel. Sie könnte das als Kritik auffassen.

„Frauen sind manchmal etwas komisch", dachte er. Außerdem kann er es nicht leiden, wenn Anastasia eine dicke Schicht Schminke draufspachtelt.

„Du hast ja überhaupt keine Ahnung!", sagt sie dann immer und kleistert eine zweite Lage, natürlich andersfarbig, drüber. Zum Glück passiert so etwas selten, höchstens, wenn sie mal ausgehen, einmal am Wochenende, manchmal auch am Mittwochabend. Das war das Stichwort: Ausgehen. Also fragte er an der Theaterkasse nach Karten. Das einzige Stück, das ihm gefallen könnte, hatte noch freie Plätze für eine Aprilvorstellung, in der drittletzten Reihe.

„Egal! Ich brauche ein Geschenk für meine Freundin!"

Erst über eine Stunde nach der Bescherung fragte Anna ganz schüchtern mit Tränen in den Augen nach ihren Ohrringen.

„Oh Gott! Ja, die Ohrringe! Die hat sie mir vor zwei Monaten gegeben … Wo habe ich die nur hingelegt?" Nach zweistündiger Suche, er hatte alle Schrankfächer durchstöbert, die weihnachtliche Ordnung war völlig ruiniert, gestand er das Malheur ein. Anastasia war sauer, zu recht und die Weihnachtsstimmung war dahin. War es ein Versehen oder ihre Wut auf ihn, dass der Weihnachtsbraten am nächsten Tag verkohlte? Als Ben den etwas kräftigen Geschmack lobte, rannte sie heulend hinaus und war erst zum Abendessen, als ihre Mutter vor der Tür stand, wieder aus der Versenkung aufgetaucht. Ben möchte nicht wissen, was die zwei Frauen beredet haben.

Dafür wurde es eine Woche später eine besonders schöne Silvesterparty. Ben überreichte seiner Liebsten, so ganz nebenbei, mit reumütigem Dackelblick und dickem Kuss ein kleines, hübsch verpacktes Schächtelchen. Das Geschenk lag genau dort, wo er es Tage zuvor dreimal vermutet hatte, nur eben unter seinen Socken, nicht oben drauf. Drei Stunden hat er gebraucht, den Schmuck samt buntem Tuch liebevoll einzupacken. Drei Rollen Klebeband sind dabei draufgegangen.

Noch ist Oktober, die Spätherbstsonne lässt alle Gedanken an Weihnachten dahinschmelzen. Dieses Jahr gibt es endlich wieder mal eine weiße Weihnacht - das steht fest, wie jedes Jahr. Trotzdem ist eine professionelle Vorbereitung unverzichtbar, selbst schon in dieser Jahreszeit!

* * *

Jetzt wird es langsam Zeit, den Weihnachtsschmuck aus der großen Kiste im Keller herauszukramen. Es gibt gerade Neues, spottbillig in den Angeboten aller Discounter. Die Nachbarin, die Kollegin und die doofe Zicke aus dem Sportverein, die immer prahlt, in den letzten zwei Wochen zweiunddreißig Gramm abgenommen zu haben, besorgten sich das auch. Nun rennt Anastasia in die Stadt und kehrt mit einem dreiviertel Zentner Weihnachtskitsch heim. Genaugenommen gefällt der ihr gar nicht, aber man muss mit der Zeit gehen, dem Trend folgen, die Außenseiterposition aufgeben.

Den Streit mit Ben wegen der unnötigen Geldverschwendung kontert sie gekonnt mit dem Hinweis darauf, dass sie dem schlechten Kaufindex der Deutschen ein wenig auf die Beine helfen wollte. Das Wirtschaftswachstum muss beflügelt werden!

„Du willst doch ein schönes Weihnachtsfest haben!" Was soll er da noch sagen?

Die Entzugserscheinungen vom Weihnachtsmarkt wachsen jetzt gefährlich an. Es ist inzwischen so kalt, dass ein überteuerter, versüßter Punsch aus schlecht ausgewaschenen Bechern mit Weihnachtsmotiv die Blutzirkulation antreiben könnte. Und eine Pudelmütze ist auch längstmal wieder fällig! Die drei Exemplare vom letzten Jahr sind doch völlig unmodern. So kann Anastasia wirklich nicht mehr herumrennen! Neue Handschuhe benötigt sie ebenfalls, möglichst paarweise, am besten mit Ersatzhandschuh für jede Seite, falls mal einer verloren geht. Die haben eine sonderbare Vorstellung von Freiheit.

Für den Weihnachtsbaum ist es noch etwas zu früh. Aber einen Eintrag im Kalender ist er Ben allemal schon Wert. Nichts wäre peinlicher, als am 24. Dezember nachmittags auf Knien vor dem Weihnachtsbaumverkäufer herumzurutschen und ihn um die allerletzte Krücke anzuflehen. Besonders clevere Menschen beugen vor, haben im Januar den Baum vom letzten Jahr eingefroren.

„Ich sollte einen Speiseplan aufstellen", beschließt Anastasia. Schließlich müssen die tausend Zutaten besorgt werden. Und wenn, wie im vergangenen Jahr, im Stollen keine Rosinen zu finden sind, gibt es Theater. Die Befragung von Ben ergibt klare Prioritäten.

„Ach, letztes Jahr hat es doch so gut geschmeckt."

„Meint er das Menü, was seine Mutter am zweiten Weihnachtstag kredenzt hat? Mein Braten am Tag zuvor war farblich und vom Geschmack her eher deutlich zu schwarz geraten. Und am Grünkohl war etwas viel Salz. Vielleicht könnte er … Nein, das ist keine gute Idee. Außer Bauernfrühstück bringt er nichts zustande, Vanillepudding mit Müh und Not."

* * *

Kleiner Tipp am Rande von einer unbekannten Expertin aus dem TV:

Lasst euch Zeit mit dem Besorgen der Geschenke. Am letzten verkaufsoffenen Sonntag vor Weihnachten, wenn alle in die Kaufhäuser drängen, macht das Einkaufen besonders viel Spaß! Es ist richtig schön kuschelig vor dem Ständer mit den scheinbar gesenkten Blusen. „SALE" öffnet den Händlern alle Geldbörsen. Und der Schweißgeruch dieser Dicken neben dir, die nach Größe XXL sucht, duftet fast wie Bratapfel, nur deutlich strenger. Die weiblichen Nervenzellen laufen zur Höchstform auf! Sie fühlen sich, als wären sie im Wellnesshotel******.

Männliche Ganglien, falls es noch welche gibt, sterben spontan und unwiederbringlich ab.

Bald nun ist Weihnachtszeit!

Meilensteine

Ende November

Weihnachtszeit

Ein Kerzlein leuchtet im Advent,
Erst ist es allein.
Bescheiden kommt die Zwei hinzu,
Die Drei mahnt, es eilt die Zeit.
Numero Vier, es ist so weit.
Wenn das fünfte Lichtlein brennt,
ist es längst nicht mehr Advent,
dann habt ihr Weihnachten verpennt!

Das wäre die Höchststrafe. Soweit darf es nicht kommen! Auf das Weihnachtsfest muss man sich langfristig, strategisch und professionell vorbereiten. Dann kann solch eine Katastrophe nicht passieren.

Als Erstes werden im Spätsommer die Regale im Supermarkt mit Pfefferkuchen gefüllt. Niemand kauft die Lebkuchen. Die Septembersonne lässt die Schokolade zu einem Klumpen verschmelzen. Alle befinden sich noch in sommerlicher Urlaubsstimmung. Aber wenigstens sorgen die verachtungsvollen Diskussionen über die vorweihnachtliche Supermarktaktion für Aufmerksamkeit. Ganz, ganz langsam trauen sich in der letzten Septemberwoche die ersten Unentwegten, eine Tüte Pfeffernüsse zu kaufen. Sie tun dies natürlich unheimlich heimlich. Niemand soll das mitbekommen. Im stillem Kämmerlein futtern, nein verschlingen sie die Beute. Käme das heraus, es wäre doch so peinlich: Die Kollegen und die Schulze aus Parterrewohnung erst einmal, Gertrud aus der Gym-

nastikgruppe und Erwin vom Vorstand des Tauben-
züchtervereins! Nein, Erwin nicht, der besorgt sich im
nachweihnachtlichen Abverkauf einen Vorrat, der bis
zum Spätsommer reichen soll. Ostern beginnt er re-
gelmäßig zu jammern, dass er einen Engpass hat. Wir
wissen nicht, ob er die Reserven an Lebkuchen oder
den Gürtel an der Hose meint.

Phase zwei der Einstimmung auf Weihnachten ist
die festliche Dekoration der Schaufenster und Straßen.
Das beginnt im Oktober und erreicht im November
seinen Höhepunkt. Noch schaltet man die Lichter
nicht ein. Doch rechtzeitiges Montieren beugt bösen
Überraschungen, wie unbemerkt, unerlaubt durchge-
brannten Glühbirnen vor. Es bleibt etwas Zeit zur
Reparatur.

Spätestens Mitte November werden im tiefen Wald
die dreißig Meter hohen, jahrhundertealten Weih-
nachtstannen mediengerecht erlegt und auf Groß-
transportern in die Städte gefahren. Ein Kran ist nötig,
das Monstrum in seine Halterung zu hieven. Jetzt
sieht man auch, dass auf halber Höhe ein fetter Ast
fehlt. Da drüben ist einer schon total vertrocknet.
Kennt sich die Natur mit symmetrischen Weihnachts-
bäumen etwa nicht aus? Da muss der örtliche Schrei-
ner ran. Er montiert zwei Ersatzzweige von der kürz-
lich im Stadtpark gefällten Eiche. Die tausendbirnige
Beleuchtung samt der silbernen Riesenkugeln und
rosaroten Plastikschleifen verdecken die reparierten
Stellen.

Der Weihnachtsbaum auf dem leeren Weihnachtsmarkt läutet die nächste Phase ein. Die Fress- und
Glühweinbuden werden in den Straßen und auf den
Plätzen aufgebaut und geschmückt. Tagelang hört
man überall in der Stadt ein reges Hämmern, Sägen

und Bohren. Ebenso ergeht es den Buden für die tausend weihnachtlichen Kinkerlitzchen. Klimbim ist wichtig. Ohne diesen unnützen Kleinkram wüsste der Staub nicht, wohin mit sich. Ein Dutzend Staubfänger in jedem Raum erspart das wöchentliche Staubsaugen. Stattdessen werden die Staubfänger im November vorsichtig, mit angehaltenem Atem, in den Sondermüll entsorgt. Demnächst besorgen wir Nachschub vom Weihnachtsmarkt.

Ein breites Band wird gespannt. Das ist wichtig. Es muss dunkelrot sein! Eine lange Rede über die Geschichte, die Bedeutung, den Sinn von Weihnachten für das Weihnachtsfest, die Stadt, das Land und die Welt wird gehalten. Niemanden interessiert das! Alle gähnen. Der Weihnachtsmann steht gelangweilt abseits und popelt in der Nase. Das ist mit den Handschuhen vom Weihnachtsmann trotz großer und rot glühender Weihnachtsmannnase ein echtes Kunststück. Alle Augen konzentrieren sich auf ihn. Das würzt diese Rede, macht sie gar ein wenig spannend.

„Findet er das Teil, was seine Atmung behindert?" Nur die Honoratioren der Stadt nicken bei jedem zweiten Satz wissend. Das sind sie dem Herrn Oberbürgermeister schuldig, schließlich lädt der sie anschließend zu einer Limonade ein. Dann endlich ist es so weit. Aus den Lautsprechern erschallen ein Trompetensolo, dann ein Trommelwirbel und alsdann ein lautes „Frohe Weihnachten!" Die Honoratioren der Stadt zerschneiden mit stolzgeschwellter Brust und überdimensionalen Scheren im Gleichschritt auf Kommando im nicht endenden Blitzlichtgewitter der Lokalredakteurin des Ortsblattes das arme, frierende Band. Jeder darf sich sieben Zentimeter Band mit heimnehmen, rahmen lassen und im Wohnzimmer aufhängen.

Die Reporterin Carla Columna, natürlich ist das nur ihr selbst gewählter Spitzname, denn diese zwei Zentner schwere Schnepfe erinnert mit keiner Faser an die legendäre Journalistin, wird wieder einen mitreißenden Artikel für die Wochenendausgabe schreiben. Sie nimmt einfach den Text vom letzten Jahr, welcher die hochgelobte Fassung vom vorletzten Jahr ist, ändert die Jahreszahl und ab geht es unter die Druckerpresse mit dem Gesülze. Au Backe: Sie hat vergessen, den Namen des Oberbürgermeisters auszutauschen. Im Herbst war doch OB-Wahl und nun regiert die andere Partei: Skandal!

Das schlimmste Ereignis der ganzen Weihnachtszeit, die große Rede vom großen Oberbürgermeister der großen Stadt mitten in der tiefsten, großen Provinz, ist überstanden. Der lichterglänzende, duftende, weihnachtlich klingende Markt ist eröffnet. Die Massen strömen auf den Platz, der Glühwein strömt in die Becher und lauer Dezemberregen strömt vom Himmel. Die Bratwürste brutzeln. Die Zuckerwatte duftet und verklebt im Regen. Der Regenschirmhandel boomt. Die hitzebedingte, sommerliche Flaute ist umsatzmäßig längst überwunden. Lieder erklingen. Das Kinderkarussell dreht sich unermüdlich. Diese paar Regentropfen verderben keine Weihnachtsfreude. Der fast runde Mond wartet schon hinter der überübernächsten Wolke auf den Einsatz. Strahlende Gesichter findet man überall. Das Fest nimmt seinen planmäßigen Lauf.

Der Advent markiert Meilensteine. Wer jetzt Schwächen zeigt, gar schläft, verliert Zeit, die niemals aufgeholt werden kann. So etwas löst schwerste diplomatische Verwicklungen innerhalb des großen Familienclans aus. Die Folgen spürt man noch in Jahrzehnten. Darüber spricht man jedes Jahr. Solch eine Berühmtheit wünscht sich niemand.

Eine schöne Tradition sind Weihnachtskalender. Jeden Tag im Dezember darf man ein Türchen öffnen. Früher befanden sich dahinter nur bunte Bildchen. Das war noch spannend. Später setzte sich der Weihnachtsluxus durch. Auf den Türöffner lauerte ein kleines Stückchen Schokolade. So etwas nennt man gesellschaftlichen Fortschritt. Wir fragen uns allerdings, weshalb der Adventskalender nur 24 Türen hat. Für jeden Dezembertag vor Weihnachten gibt es eine. Die Vorweihnachtszeit geht doch im Sommer los! Die Supermärkte wissen das. Da könnte man schön große Weihnachtskalender basteln. Von Anfang August an gerechnet, ergibt das sowohl im Schaltjahr als auch im ausgeschalteten Jahr genau 146 Fenster mit der entsprechenden Füllung dahinter. Das wäre endlich mal eine zukunftsträchtige Maßnahme. An solche Sachen denkt die Regierung nicht. Selbst die kleine, spitzfindige Opposition pennt auf der ganzen Linie. Alle regen sich über PKW-Maut und Herdprämie auf. Die wichtigen Dinge, die noch dazu echte Freude bereiten, werden völlig vergessen. Dabei würde das parteiübergreifend bestimmt hundertprozentige Zustimmung geben. Oder ist den Abgeordneten so etwas hochnotpeinlich? Auf Vorschlag des Tagungsleiters muss der dickste Parlamentarier dagegen sein. Er könnte ja mit seiner gerade begonnenen Diät argumentieren und stattdessen eine Diätenerhöhung fordern. Auch dafür gibt es hohe Zustimmungswerte. Schön, wenn sich unsere Volksvertreter immer so einig sind. Es besteht nur ein Problem: Es gibt zu viele dickste Abgeordnete.

So, jetzt geht es Schlag auf Schlag. Der erste Advent meldet sich etwas schüchtern zu Wort. Die Weihnachtsplätzchen müssen unbedingt verkostet werden. Frisch, fast noch warm, schmecken sie am allerbesten.

Doch nun mogelt sich der Nikolaus dazwischen. Die Kinder sind ganz kribbelig. So leicht fällt ihnen morgens das Aufstehen sonst nie. Schwuppdiwupp rennen sie vor die Tür und sammeln ihre gefüllten Stiefel ein. Bereits vor dem Bürsten der Zähnchen wird inspiziert und auch schon mal gekostet, was der alte Herr so an köstlichen Dingen im Stiefelchen verstaut hat. Eines ist leckerer als das Andere! Und am Nikolaustag sind wir alle noch Kinder. Ist das nicht herrlich?

Es ist höchste Zeit, einen Weihnachtsbaum zu besorgen! Dieses Jahr soll er nicht so üppig sein. Ein kleines Bäumchen reicht aus. Die Tannen sind schon wieder teurer geworden. Ein halbes Vermögen muss man hinblättern. Na gut, einmal noch nehmen wir solch übergroßen Zweieinhalbmeterstamm. Aber im nächsten Jahr werden wir bestimmt, vielleicht ein zwei Zentimeter kleineres Exemplar aussuchen. Jetzt schnell in einen wassergefüllten Eimer mit ihm. Er soll Weihnachten in voller Frische im Wohnzimmer strahlen!

Es ist höchste Zeit, die Stollen zu backen. Die Zutaten haben wir längst besorgt. Der Teig wird geknetet, verkostet und geformt. Verflucht, die Hefe war wohl zu alt, der geht ja gar nicht! Also ab in den Supermarkt, Trockenhefe besorgen. Auf dieses Pülverchen ist Verlass. Nun endlich wird gebacken. Es duftet wie

in der Weihnachtsbäckerei. Es ist unsere Weihnachtsbäckerei. Ganz wichtig ist eine dicke Schicht ge-
schmolzene Butter mit Puderzucker obendrauf.

Eine zweite Charge Weihnachtsplätzchen muss
ebenfalls noch produziert werden. Die ersten Portionen waren in null Komma nichts alle. Die Kekse hatten Schwindsucht. Sie schmecken ja auch so verflucht
gut! Und Onkel Hugo, Tante Frieda und dem große
Rest der Verwandtschaft hatten wir doch im letzten
Jahr versprochen, dass sie wieder ein Tütchen unserer
Weihnachtsplätzchen bekommen. Zur Belohnung
erhalten wir eine Tüte ihrer trocken, harten Vollkorn-
teile. Na ja, wenn wir im Frühjahr das nächste Mal auf
den Pferdehof fahren, …

Stress pur, das sind die vielen Weihnachtsfeiern.
Die Hälfte könnte man sich sparen. Aber das geht
nicht. Wie sollen wir unseren Kollegen, den Leuten
aus dem Triangelorchester, den Taubenzüchterkolle-
gen und den Damen aus dem Powergymnastikverein
erklären, dass wir etwas Besseres vorhaben. Also:
Augen zu und durch. Diese albernen Wichtelgeschen-
ke kann man auf dem Heimweg ja unauffällig in einen
Vorgarten werfen. Vielleicht verwendet sie irgendjemand für seine nächste Weihnachtsfeier?

Tief durchatmen und der zweite, dritte, gar vierte
Advent kommen und gehen. Zwischendurch schlendert man immer wieder über den Weihnachtsmarkt. In
den Kaufhäusern herrscht ein Andrang, wie zu Weihnachten. Ach ja, es ist Weihnachtszeit. Die Geschenk-
papierindustrie fährt Sonderschichten. Die Zeit der
Heimlichtuerei, der Neugier und Ungeduld ist da.
Zum Glück sind wenigstens die Männer nicht neugierig. Sie sind nur ein ganz, ganz klein wenig wissens-
durstig.

Oh je! Eine Weihnachtsgans brauchen wir noch. Weihnachten gönnen wir uns etwas! Da kann es ruhig ein größeres Exemplar sein. Fünfzehn Kilo, ob das reicht? Immerhin sind wir zu fünft! Natürlich achten wir auf Freilandhaltung und verabscheuen das Stopfen und Lebendrupfen von Gänsen. Das steht auf dem Etikett und wir glauben das notgedrungen blindlings.

Dann kommt er, der Heilige Abend. Der Weihnachtsbaum wird aufgestellt und geschmückt. Im letzten Jahr waren es wirklich ein paar zu viel von diesen Glitzerkugeln. Diesmal werden wir ausgewogener schmücken. Aber die drei Kästen mit den neuen Weihnachtsbaumkugeln, der wunderschöne Weihnachtsengel, der etwas kitschige Elch mit der roten Nase und … Na, die müssen auf jeden Fall auch noch dran! Hoffentlich bricht unter der Last kein Ast von dieser windschiefen, nadelarmen Krücke ab. Irgendwo in der Leitung der Beleuchtung steckt ein Wackelkontakt. Mist, verdammter! Jetzt sind drei der hässlichen, bunten Plastikkugeln abgestürzt. Leider ist keine zerbrochen!

Das Leben ist eine Spirale. Alles wiederholt sich. Plötzlich mögen wir Weihnachtsmusik. Überall, im Radio, auf jedem TV-Sender werden schmalzige Weihnachtslieder geträllert. Und eine neue Weihnachts-CD haben wir uns auch gekauft. Die vom letzten Jahr ist ja so kitschig gewesen. Mehr als einmal konnte man die nicht anhören. Die ist inzwischen als liebevolles Geschenk für Tante Trude verpackt. Mal sehen, wie sich die diesjährige Scheibe anstellt. Die Reihenfolge der Lieder ist völlig neu.

Dagegen sind die Weihnachtskonzerte in den Kirchen sehr schön und stimmungsvoll. Die Kälte, die sich dabei so ganz langsam von den Füßen kommend, unaufhaltsam nach oben hocharbeitet, dabei die Erkältungsbazillen zu Höchstleistungen motiviert, gehört dazu - hatschi! Weihnachten in Afrika, das ist einfach unvorstellbar!

Die Feuerwehr düst am Heiligen Abend, genau während unserer Bescherung, mit einem heiligen Bimbam durch die Straße. In der Nachbarschaft, drei Ecken weiter, hat jemand in einem Anflug von Nostalgie Wachskerzen am Weihnachtsbaum brennen lassen. Der Baum war, wie Tage später auf der Lokalseite zu lesen sein wird, das knochentrockne, recycelte Exemplar vom Vorjahr. Und schon damals war er nicht mehr ganz taufrisch. Wenigstens war es kein Plastikbaum, das hätte Giftalarm im gesamten Karree gegeben. Sogar diese verrückte Carla Columna kam anmarschiert, hatte ihre eigene Weihnachtsfeier unterbrochen, um von diesem weltpolitischen Großereignis zu berichten.

Einmal im Jahr gehen wir in die Kirche oder auch nicht. Das ist Tradition. Einmal im Jahr im Gottesdienst sitzen, ist eher peinlich. Entweder oder man ist konsequent, egal wie.

Ein saublöder Brauch ist es, vor der Übergabe der Geschenke von den Kindern zu erwarten, dass sie ein Gedicht aufsagen, ein weihnachtliches Liedchen trällern. Das wird garantiert zur ärgerlichen Farce, zur Weihnachtsposse. Besser ist es, wenn man sich gegenseitig in den Arm nimmt, liebevoll an sich drückt und ein schönes Fest wünscht. Eine gute Idee ist es, Mutter einen dicken Kuss auf den Mund zu drücken und ‚Danke' zu sagen.

Peng - Knall - Bum! Es ist …, upps, es war Weihnachten! So schnell vergeht die Weihnachtszeit jedes Jahr. Keine Bange, in acht Monaten beginnt die Vorweihnachtszeit von neuen. Das ist ja wirklich nicht mehr lange! Da sage noch einer, die Weihnachtszeit startet zu früh. Sie ist viel zu kurz. Man schafft kaum die Hälfte von dem, was man sich vorgenommen hat.

Oh, war das wieder ein anstrengendes Fest! Alle jammern. Die Waagen stöhnen unter der Last. Jetzt sind wir urlaubsreif! Heute verzichten wir freiwillig auf das zweite Frühstück! Die Reste vom Festessen warten im Kühlschrank und auf dem Balkon. Silvester und Neujahr stehen vor der Tür. Es ist höchste Zeit schon mal an die Weihnachtsgeschenke fürs nächste Jahr zu denken! Jedes Ende ist ein Anfang. Der Stress nimmt seinen Lauf.

Was passiert eigentlich, wenn die Vorosterzeit genauso lang angesetzt wird, wie die Weihnachtszeit. Dann überlappen sie sich womöglich. Im Advent stehen neben Schokomännern mit rotem Kittel die ersten Osterhasen aus Schokolade in den Läden. Vertragen sich Osterhasen und Weihnachtsmänner miteinander? Oder gibt es Zank, Streit, Mord und Totschlag? Oder gar Inzucht! Was sagen die Kunden dazu? Investieren sie ihr Weihnachtsgeld schon vorsorglich in Schokohasen? Wie wäre es denn, wenn sich Osterhase und Weihnachtsmann die Arbeit teilen würden? Alle Leute, die in geraden Hausnummern wohnen, bekommen die Weihnachtsgeschenke vom Osterhasen, suchen die Päckchen im Schnee vor dem Haus. Die anderen werden vom Weihnachtsmann beschenkt. Ostern ist es dann umgekehrt. Im Zeitalter der Globalisierung muss das möglich sein.

Schuhe

5. Dezember

Schuhe sind ein Problem. Nein, das stimmt nicht. Das Schuhwerk ist ein Berg, ein Bergmassiv, ein Hochgebirge von Problemen, so eine Art Himalaja von Schuhproblemen.

Los geht es bereits mit dem Kauf der Schuhe. Das sind die zehn Minuten des Lebens, die einen Mann wirklich altern lassen. Fix und fertig ist das arme Kerlchen danach. Wenn er den Schuhladen betritt, Frauchen schiebt kräftig von hinten, damit er den schweren Schritt über die Schwelle bewältigt, hat er klare Vorstellungen von seinen neuen Schuhen. Sie sollen, sie müssen genauso bequem sein, wie die Alten - nur neuer eben. Und drücken dürfen sie natürlich nicht. Und Schuhgröße 42 sollte es sein. Der Rest, wie sie aussehen beispielsweise, ist schnurzpiepegal. Nur so etwas hypermodernes geht natürlich nicht. Der Mann ist ja schließlich ein wenig konservativ, ein Gewohnheitstier sozusagen.

Wie so oft gibt es zwei Möglichkeiten. Es gibt solch ein Paar Treter oder nicht. Findet es sie, kommt der schwierigste Moment: das Anprobieren. Oh Gott, dazu muss man die alten Latschen ausziehen. Ist der Laden gut belüftet? Größe 42 passt immer.

„Die nehmen wir!", sagt er, damit dieses Martyrium endlich zu Ende geht.

Anschließend trägt er die neuen Treter stolz nach Hause. Er fühlt sich wie ein Held. Nun müssen die neuen Latschen nur noch eingelaufen werden. Mit viel Glück bekommt er nur kleine Blasen an der Ferse oder dem großen Onkel. Sonst jammert er seiner Holden tagelang die Ohren voll.

Schuhe kaufen, das ist die Hölle auf Erden!

Weiter geht es mit dem Putzen der Guten. Es ist immer wieder dieselbe Leier: Dreck liebt Schuhe. Hier fehlt einfach die ultimative, in die Schlappen integrierte, vollautomatische Dreckabwehr. Ein autonomer, sich selbst aktivierender, flüsterleiser, stromsparender Dreck-vom-Schuh-mach-Roboter wäre nicht schlecht. Der könnte gleich ein Pflege- und Duftwechselprogramm starten. Es gibt also viele sinnvolle Aufgaben für die Mädels und Jungs von „Jugend forscht". Auf die Industrie ist hier kein Verlass.

Dann hat sich der Mann endlich an seine Schuhe gewöhnt. Langsam, ganz langsam hat er sogar eine Liebesbeziehung aufgebaut. Doch sogleich, schlappe drei Jahre später, ohne die geringste Vorankündigung, beginnen sie plötzlich zu altern. Zuerst beschließen die Enden der Schnürsenkel auf einmal und mit einem kräftigen Ruck, ihre eigenen Wege zu gehen. Der führt die Schnurenden schnurstracks in den Mülleimer. Das ist die gerechte Strafe! So etwas ist doch keine Qualitätsarbeit „Made in Germany"! Das ist Ausschuss, echter Mist. Und die Garantiezeit ist auch gerade vorbei. Früher, ja früher da hielten die Schuhe noch jahrelang.

Schlimmstenfalls zerlegen sich die Galoschen auch noch in mehrere Einzelteile. Beliebt sind klappernde Sohlen. Natürlich mag man die überhaupt nicht. Aber ab ist ab. Sämtliche Klebeversuche mit Dr. Krafts Universalkleber versagen jämmerlich. Reparieren liegt weder bei Fernsehgeräten, Kühlschränken noch unseren Schlappen im Trend der Zeit. Mitten in der Stadt passiert so etwas, genau vor dem größten Schuhladen. Und das ausgerechnet bei den Lieblingsschuhen, auf die er nie im Leben wieder verzichten wollte. Die sind inzwischen so bequem geworden! Na gut, schön sehen sie wirklich nicht mehr aus. Aber das ist nebensächlich.

Jeder Schuh hat ein Ende, nur der Senkel hat zwei.

Irgendwann ist endgültig mal Schluss. Nichts geht mehr - rien ne va plus! Die Tränen drücken mächtig. Aber keineswegs wegen der alten, zerlatschten Treter. Das große Problem ist, dass der Stress mit dem Schuhkauf von vorne beginnt. Kein Mann hat eine große Auswahl von Ersatztretern im Regal stehen. Na gut, die Sandalen vom letzten Sommer sind noch gut in Form, bis auf die Schnalle und das klitzekleine Loch in der Sohle. Aber Madam wird bestimmt intervenieren!

Was macht man mit seinen altersschwachen Lieblingen? Erst einmal wohnen die natürlich noch ein paar Jährchen im Schuhschrank, ganz weit hinten. Sie haben sich ihren gemütlichen Lebensabend redlich verdient. Doch irgendwann heißt es schließlich, Abschied nehmen. Die Holde benötigt zusätzlichen Platz im Schuhregal, nicht sie selbst, ihr hundertstes Paar Stöckelschuhe. Bleibt die Frage, wohin mit den alten Teilen. In der Altkleidersammlung, mitten zwischen den zerfressenen, wollenen Pullovern, Socken, Leibchen und Unterhosen, würden die sich garantiert nicht wohlfühlen. Der Sondermüll wäre eine Option. Normaler Hausmüll kommt natürlich nicht infrage. Die

Stadtluft ist zu kostbar. Außerdem lebt man heutzutage in einer Umweltzone. Nur Müll mit grüner Plakette darf entsorgt werden. Auf welchem Schuh klebt solch eine Marke?

Männer hassen es, Schuhläden zu betreten!

Es gibt ein weiteres, jedes Jahr wiederkehrendes Problem. Es ist eine Herausforderung für alle, Frauen wie Männer, Dick und Dünn, Jung und Alt. Niemand bleibt verschont. Egal, was für Schlappen man trägt: Sie sind zu klein. Zu klein für die Füße sind sie normalerweise nicht. Schließlich wurden sie ja in einer schweißtreibenden Aktion ausgewählt, anprobiert, eingekauft und eingelaufen. Sie sind zu klein für den Nikolaus, für seine Gaben. Für den Nikolaus können sie nicht groß genug sein. Schuhgröße 67,5, auch „Oderkähne" genannt, wäre nicht einmal für zwergenhafte Schokoliebhaber ausreichend. „Schaftlänge" heißt das Zauberwort. Ideal erscheint die Bekleidung für Angler, die gerne bis zur Brust und mit der Angel in der Hand im kalten Wasser stehen. Die semmeln anschließend in den Fischladen, kaufen drei Kilo Flundern und präsentieren diese stolz ihrer Holden. Irgendwie müssen sie die Investition in dieses Superkondom ja rechtfertigen. Stundenlang dauert es, die verschwitzten Einlegesohlen aus den verschlungenen Tiefen der Füßlinge heraus zu fischen. Auch die Reinigung der Innenwände ist eine kraftraubende Angelegenheit. Schließlich hat ein Angler tagelang darin verbracht, all seine Ausdünstungen hineingepupst und -geschwitzt. Von außen knabberten ein paar Amöben, Wasserflöhe oder Welse. Das trug nicht zu einem schokoladenkonformen Duft bei. Nichts schreckt uns von dieser harten Arbeit ab! Wir nehmen sie gerne auf uns. Wir sind Helden der Neuzeit.

Wir lieben Schokolade.

Morgen ist der Nikolaustag. Heute ist Schuheputzen angesagt. Die Stiefel sollen glänzen, wie eine geölte Speckschwarte. Nikolaus liebt so etwas. Sie müssen mehr beeindrucken, als alle anderen Schuhe dieser Welt. Der Rotmantel darf sie auf keinen Fall übersehen. Er soll von ihrer Brillanz, ihrer Schönheit, ihrem … ach was auch immer, so geblendet sein, dass er nur noch sie sieht. Freudestrahlend füllt er sie mit einem gewaltigen Berg Naschereien: Schokolade, Marzipankartoffeln, Spekulatius, Dominosteine, Pfefferminzplätzchen, … Erst wenn nichts mehr drauf passt, wird er weitergehen und die anderen Schuheputzer dieser Welt beglücken, falls ein Rest in seinem Sack übrig ist. Natürlich sind unsere Nikolausstiefel nur deshalb so groß, damit Nikolaus die schwere Last nicht noch weiter schleppen muss! Er ist ein alter Herr, seine Knochen sind morsch und wir wollen ihn nur entlasten.

Lecker!

Einmal im Jahr die Schuhe putzen, das ist ein guter Anfang. In den nächsten zwölf Monaten könnte man ja zwischendurch, sagen wir Mitte Juli, eine Zusatzschicht einlegen. Wir essen Schokolade zu jeder Jahreszeit gerne. Ich befürchte nur, dass wir selbst ins Schokoladengeschäft rennen und uns die begehrte Leckerei besorgen müssen. Aber was nimmt man nicht alles auf sich, um an dieses Naschwerk zu kom-

men! Erfordert der zwischennikolausige Schokoladen-
appetit überhaupt glänzende Schuhe? Doch! Ord-
nungsliebende Menschen kratzen mindestens zweimal
jährlich den Dreck aus dem Sohlenprofil. Schließlich
wartet ein dampfender Hundeschiss an der nächsten
Ecke auf eine aufnahmefähige Schuhsohle.

Ich habe einen genialen Vorschlag. Aber Achtung!
Der ist längst patentiert.

Ich besorge mir demnächst ein Paar neuer Treter,
am besten Winterstiefel. Größe: so groß wie möglich.
Es wird mein ganz spezielles Paar Nikolausstiefel:
Glänzende Stiefel, die nur an diesem einen Tag in
Aktion treten.

Der Weihnachtsmarkt-Kleptomane

Mitte Dezember

„In diesem Jahr wird alles anders!", nimmt sich Benjamin vor, „Aus Fehlern lernt man." Ein Mann sowieso!

Schon über eine Woche vor Weihnachten macht er sich auf den Weg zum Weihnachtsmarkt. Er sucht noch ein kleines Geschenk für die Freundin, eines welches seine Präsente abrunden soll. Irgendwie ist ihm das alles noch zu eckig. Wenigstens eine Inspiration möchte er mit heimtragen. Dafür scheint ihm der Weihnachtsmarkt der richtige Ort zu sein. Und sicher findet er auch irgendetwas Leckeres, was seine Weihnachtsstimmung weiter beflügelt. Er möchte den Duft, das Glitzern, den Geschmack und den Klang von Weihnachten in sich spüren.

Los geht es. Der große Weihnachtsbaum auf dem Marktplatz strahlt von weitem, zieht magisch an. Wieder einmal ist die Ampel gerade auf Rot gesprungen und Benjamin wartet diszipliniert. Vor Weihnachten ist er immer besonders artig. Jetzt ein Risiko eingehen, wo Santa Claus, Knecht Ruprecht, Weihnachtsmann und das Christkind auf ihren großen Auftritt lauern, das geht einfach nicht. Also geduldet er sich.

„Die Ampel ist plötzlich kaputt gegangen! Neulich funktionierte die noch." Ist er etwa ungeduldig? Nur so ein kleines bisschen. Das ist der Jahreszeit geschuldet. Vor Weihnachten liegt so viel Spannung in der Luft, da wird jedermann ein wenig zappelig. Es gibt Schlimmeres. Endlich gibt sie den Weg frei.

Das Schlimmste ist das Gedränge. Müssen ausgerechnet heute alle Einwohner der Stadt auf den Weihnachtsmarkt strömen? Komische Dialekte sprechen die. Oder sind es die Gäste aus anderen Landesteilen, die per Bus angekarrt werden. Es gibt ein ungeschriebenes Weihnachtsmarktgesetz:

„Woanders ist der Weihnachtsmarkt immer schöner, als zu Hause!"

Es ist ein wahnsinniges Schieben, Drängeln und Wimmeln. Mittendrin läuft eine Omi, schiebt ihr Enkelkind im Kinderwagen. Das Kind sieht nur eine Wand dunkler Mäntel, die sich wallend vorbeischieben. Jeden Moment könnte jemand über den Wagen stürzen. Der Sprössling schaut ängstlich. Er traut sich nicht einmal, empört zu schreien.

"Soll ich für ihn lauthals heulen?", überlegt Benjamin mitleidsvoll. Dem Kind muss der Weihnachtsmarkt als etwas Bedrohliches vorkommen. Zu Hause könnte es spielen, hier umgeben ihn Monster.

An allen Ecken riecht es anders. Bonbonstände verbreiten ihr süßes Aroma. Salbeiduft dominiert, ist gemischt mit allem, was die chemische Industrie zu bieten hat. Vor den unendlich vielen Glühweinständen stehen trunkene Menschentrauben. Duft heißen Glühweins schwängert die Luft, betört viele Besucher, scheint süchtig zu machen. An manchen Buden könnte man meinen, die Glühweinmaschine ist schon mehrere Monate lang ununterbrochen in Betrieb. Irgendein unterschwellig muffig süßes Bouquet streicht an seiner Nase vorbei. Doch Benjamin hat keine Zeit, sich darauf zu konzentrieren. Er muss aufpassen, niemanden mit Glühweintasse in der Hand anzustoßen. Eine Ladung des heißen Weihnachtsstöffchens auf der Jacke kann er wirklich nicht gebrauchen.

Beinahe wäre Benjamin mit einem verängstigten Hund kollidiert. Dessen Schnauze ist genau in Höhe seines rechten Knies. Die lange Zunge hängt lüstern heraus, schleift fast auf dem Boden. Au Backe, wenn der sich bedroht fühlt und durchdreht. Benjamin fühlt sich auch bedroht. Durchdrehen ist in diesem Gedränge keine gute Option. Die Gefahr, dass er jemanden ins Knie beißt, besteht nicht. Hoppla, beinahe wäre er auf einen Hamster getreten. Es ist eine Art Mops, das bratwurstknabbernde Frauchen, das an dem Nager hängt. Der Hamster ist auch eine Art Mops, gleicht einem dicken, asthmatischen Wolf en miniatur. Oder ähnelt er eher einem verunglückten vietnamesischen Minihängebauchschwein? Wie kann man solche armen Würste hier an der Leine laufen lassen? Aus der Froschperspektive, besser gesagt aus der Mopsperspektive, aus der Perspektive des Tiers, nicht der des Frauchens, erscheint so ein Weihnachtsmarkt noch schrecklicher, als er tatsächlich ist.

Überall erklingt eine andere Weihnachtsmusik. Es sind Stücke, die seit hundert Jahren erfolgreich laufen, die jeder mitgrölen könnte. Das ist ein schönes, ein grausiges Durcheinander. Hinzu kommt diese unübertroffene Mischung bayerischer, sächsischer und hessischer Laute. Ein hochdeutsches Wort würde die weihnachtliche Stimmung stören. An einer Fischbude klingt es abwechselnd hanseatisch und Deutsch mit polnisch-litauischem Akzent, gemischt mit dem typischen Geruch von Fisch und frischen Quarktaschen vom Nachbarstand. Unsere Sprache ist nicht einfach:

„Der, die, das sowie mir und mich, dir und dich", erscheinen Ausländern völlig regellos verteilt zu sein. Oder kennt irgendjemand hier eine Gesetzmäßigkeit ohne im Duden nachzulesen? Ben bleibt einen Moment stehen. Diese treffsicheren Fehlgriffe der Marktfrau faszinieren ihn irgendwie. Er möchte eingreifen, ihr helfen. Doch bevor er die richtige Floskel rufen kann, ist sie drei Sätze weiter. Da hält er nicht mit. Die Dame gefällt ihm. Wenn die Schlange nicht so lang und das Drängeln nicht so groß wären …

Das Gemisch tausender Töne scheint allgemein Zustimmung zu finden. Niemand meckert, das kommt selten vor. Zwischendurch ertönt das Klingeln vom Kinderkarussell. Alle Gesichter sind entspannt, werden von roten Wangen geschmückt. Ringsumher stehen futternde, schmatzende und schwatzende Menschentrauben.

Benjamin hat seine Inspiration noch nicht gefunden. Also heißt es für ihn, weitergehen, quer durch die Menschenmassen. Heute erscheint der Platz viel größer, als er sonst immer ist. Sicher wurde der wegen Weihnachten etwas verbreitert. So ein Weihnachtsmann kann das. Der fliegt ja auch mit einem Rentierschlitten durch die Luft.

Beliebt scheinen rote Weihnachtsmannmützen mit Blinkerlichtern oder leuchtende Elchgeweihe. Schön sieht das nicht aus. Wenn die ganze Clique diesen Spleen hat, muss man sich unterordnen. Ein kleines Mädchen sitzt auf der Schulter vom Papa. Da hat es einen guten Überblick und Papa kann nicht verloren gehen. Auf die Papas sollte man achtgeben, sonst sucht man womöglich alle Glühweinstände nach ihnen ab. Sicherheitshalber sollte man auch unter die Tische schauen. Das kleine Mädchen hält einen kribbelbunten Luftballon in der Hand, so eine Mischung aus Känguru, Papagei, Teddybär und IchWeißNichtWas.

„Oh, was passiert jetzt?" Der Ballon entschwebt. Hoffentlich kollidiert er nicht mit einem der Häuser oder dem Stromkabel der Straßenbahn! Das Kind schaut diesem hässlichen Teil traurig hinterher. Es begreift sein Glück, den Kitsch losgeworden zu sein, heute noch nicht.

So, diesen Platz hat Benjamin mühsam überquert. Die Pudelmütze steckt längst in der Tasche. Ihm ist warm geworden, obwohl er nichts geleistet hat. Das nächste Ziel ist erreicht. Auf diesem Platz bilden hunderte Buden mehrere parallele Gassen. Das ist übersichtlich. Leider gibt es keine Verkehrsregeln. Nicht einmal Rechtsverkehr gilt hier. Einbahnstraßenschilder würden puren Luxus bedeuten. Die Stadtverwaltung muss sparen, setzt auf natürliche Auslese. Benjamin schlendert im Zickzackkurs durch die Reihen. Dauernd weicht er irgendwelchen Leuten aus. Und an den interessanten Buden, an denen er hofft, seine Inspiration zu finden, ist immer eine Menschentraube.

„Wo ist sie, meine Inspiration? Ich brauche doch noch ein kleines Weihnachtsgeschenk für Anastasia!" Links ist ein Stand mit Krims, rechts einer mit Kram, dann einer mit Klim und ein anderer mit Bim. Dazwischen bietet man mit Zucker bedruckte Pfefferkuchenherzen an. „Ich liebe Dich!", „Du bist mein!" oder „Meine Prinzessin!" passt immer als Geschenk. Das ist absolut zeitlos und kann im ungünstigen Fall im nächsten Jahr weiterverschenkt werden. Reinbeißen ist gefährlich, das könnte eine vierstellige Rechnung des Dentisten zur Folge haben. Auf derartige Präsente verzichtet man sogar zu Weihnachten gerne, außer man ist selbst Zahnklempner. Laufend kollidiert Benjamin mit irgendwelchen Leuten. Einer wehrt sich gar mit dem Ellenbogen. Alle schauen weihnachtlich genervt. Gerade eben war doch noch ein Strahlen in ihren Gesichtern? Das war dahinten am Glühwein-stand.

Ein Weihnachtsfest ohne ausführlichen, vielleicht sogar mehrmaligen Besuch des Weihnachtsmarkts ist natürlich nicht erlaubt. Das könnte der Rotmantel womöglich übelnehmen.

Klimbim, Krimskram, viel Unnützes, Kerzen, mächtig und unangenehm riechende Seifen, Staubfän-ger verschiedenster Art und Größe, Haushaltsartikel, Spielzeug und Bastelkram, Keramik und Glaswaren, Mützen, Pullover und Handschuhe sind die wichtigs-ten Dinge der weihnachtlichen Non-Food-Abteilung. Zwischendurch immer wieder Glühwein, Glühwein und Glühwein. Und zur Abwechslung mal eine Glüh-weinbude. Zu Futtern gibt es in allen Geschmacks-richtungen. „Original Thüringer Bratwürste" von einer Fleischerei in Hessen: Das ist der Renner. Schokolier-tes Obst am Stiel, da sieht man die Druckstellen nicht so.

Endlich ein Stand mit Schokoküssen. Früher, als Benjamin ein kleiner Junge war, hießen sie Negerküs-se und waren genauso lecker. Das geht heutzutage nicht mehr. Nur weil diese Küsschen so gut schme-cken, fast so gut, wie die von Anastasia, die sind al-lerdings unerreicht, überlegt er …

„Nein! Heute nicht, heute habe ich schon drei Weihnachtsmänner nackig gemacht!" Das muss rei-chen, auch wenn vom letzten seine Anna die untere Hälfte bis zum Gürtel abgeknabbert und dabei wollüs-tig gestöhnt hat. Sie meinte zwar, es wäre wegen der Kalorien. Aber Ben kennt seine Freundin, ihre Präfe-renzen für bestimmte Körperregionen. In der vergan-genen Woche, da war er schon einmal hier, hat er sich so ein süßes, klitzekleines Kalorienbömbchen ge-

gönnt. Und neulich nahm er eine ganze Kiste fürs
Büro mit. Die lieben Kolleginnen vergessen dann
immer sämtliche Diäten. Jede macht gerade mindestens zwei völlig unterschiedliche zur Vorbereitung auf
bevorstehende Völlerei. Eine Diät „Bauch, Beine,
Po", eine für die Bikinifigur. Und wenn das nicht
reicht, eine zum Sattwerden.

„Ist ja nur Luft!", säuseln sie verfressen und glücklich. Benjamin ist mittendrin. Heute ist er eisern.

Ein Stand mit riesigen Tüten voller Popcorn lauert
am Ende dieser Gasse. Wer soll die vertilgen? Sie
würden sich als Füllung für die Weihnachtspäckchen
mit empfindlichen Geschenken gut eignen. Hinterher
bekommen die Meerschweinchen der Nachbarin das
Zeug zum Nestbau und Futtern. Als Dünger für die
Orchideentöpfe auf der Fensterbank wäre das Material
auch geeignet. Oder als biologisch abbaubare Ohr-
stöpsel, falls die Gören von nebenan mal wieder
durch- und ihr Radio bis an den Anschlag aufdrehen.
Leider gibt es heutzutage kaum noch Do-it-yourself-
Heizungen, also solche mit Holz und Briketts zum
Heizen. Da könnte man das Zeug zum Anfeuern ver-
wenden. „Anfeuern" ist das Stichwort. In der nächsten
Grillsaison kämen Benjamin die Puffdinger zupass.
Anastasia müsste nicht mehr maulen, weil er die
Holzkohle nicht zum Brennen bringt. Ein Kilo Pop-
corn und die Holzkohle würde glühen wie Eisen im
Hochofen.

Nun unternimmt Benjamin einen Abstecher in eine
Weihnachtsausstellung. Er schaut sich Bilder und
weihnachtliche Dekoration an. Wenigstens ist es hier
nicht so laut. Je kälter es draußen ist, desto intensiver
schaut er sich die Kunstwerke an. Diesmal ist es tem-
peraturmäßig erträglich. Ein paar Visitenkarten steckt

er ein, um später im Internet noch einmal zu schauen. Die Namen etlicher Künstler klingen irgendwie osteuropäisch. Wo liegt unsere Stadt überhaupt? Hat sie eine Außenstelle im tiefsten Osten?

„Ich werde bestimmt kein Künstler, mit meinem Namen bin ich chancenlos", stellt Benjamin fest. Schade, mit diesen Ohren ...

Die nächste Gasse des Weihnachtsmarkts wird angepeilt. Es gibt - na was - das Übliche. An manchem Stand bleibt er stehen. Schließlich sucht er die Inspiration. Eine, für die er möglicherweise Geld ausgeben würde. Besser und preiswerter wäre das Nachbauen. Benjamin markiert also den handwerklich begabten Weihnachtsmann. Doch ohne Inspiration nützen die schärfste Laubsäge, der spitzeste Bohrer und die dickste Schraubenkiste nichts.

Überall liegt viel Kitsch herum. Es ist teure Geschmacklosigkeit, die garantiert noch vor Weihnachten in irgendeiner Ecke landet oder der Lieblingskollegin, vielleicht auch dem Chef, beim Julklapp untergejubelt wird. Das gibt einen Spaß! So soll es sein! Bald ist Weihnachten, das Fest der Freude!

An einem Stand für Glasartikel beobachtet Benjamin eine Kundin. Der Verkäufer bietet ihr etwas an, stellt aber fest, dass er das Teil gar nicht mehr vorrätig hat. Ist das sein Trick - genial! Stattdessen schwatzt er ihr ein doppelt so teures „handgeblasenes Weihnachtsengelchen" auf. Diesen Gag aus der Schublade unterhalb der Gürtellinie hat die Dame nicht kapiert. Er lacht sich fast ein Loch in den Bauch, hört abrupt auf, als er merkt, dass die Frau streng schaut. Benjamin scheint wohl den Anflug eines Lächelns zu zeigen.

„Sie waren doch schon einmal hier?", spricht ihn der Verkäufer an.

„Jetzt bin ich also dran", denkt er innerlich stöhnend, „Mal sehen, was er mir aufschwatzen will." Schnell gibt der Verkäufer der Dame das Wechselgeld heraus.

„Nö!", sagt Benjamin, „Das muss einer von meinen drei Doppelgängern gewesen sein." Wenn sich vier Leute zum Verwechseln ähneln, nennt man die dann auch Doppelgänger? Die müssten doch „Vierfachgänger" oder wenigstens „Vierlinge" heißen?

„Ich bin mir nur nicht sicher, welcher von diesen Doppelgängern ich bin."

„Ja, das ist die Frage der Fragen!", entgegnet der Verkäufer lachend. Wo er recht hat, da hat er recht. Der ist ja ein richtig schlaues Kerlchen! Noch weiß er nicht, wie er Benjamin ködern kann. Er hält sich alle Optionen offen. Ein belangloses Geschwätz ist ein guter Anfang, glaubt er.

„Das Problem ist nur", erwidert Benjamin, „dass einer von denen ein ganz heimtückischer Kleptomane ist. Der lässt sich in ein Gespräch verwickeln und schwuppdiwupp ist der Ladentisch leer und die Kasse hat Beine bekommen."

„Aber Sie sind doch bestimmt einer von den Anderen?"

„Wer weiß, das ist jetzt, wie russisches Roulette! Wenn Sie nachher Feierabend machen, sehen sie die Bescherung oder auch nicht." Zum Glück interessieren sich zwei junge Frauen für irgendwelchen Kram von ihm. Da springt der Verkäufer natürlich sofort an. Frauen sind hier die besseren Kunden, umsatzmäßig betrachtet. Von der besonders ansehnlichen Sorte sind die beiden obendrein. Benjamin kann seinen Weg fortsetzen, nicht ohne den Verkäufer wegen dieser Gesprächspartnerinnen zu beneiden.

Nach einer halben Stunde steht er am Rand des Marktes, hat alle Buden abgeklappert. Er marschiert gemütlich heim. Es war ein einigermaßen erfolgreicher Besuch auf dem Weihnachtsmarkt. Einer Inspiration ist er nicht begegnet. Die sind wohl scheu, wie das einheimische Reh im tiefen Wald. Er hat viel Geld gespart. Keinen einzigen Cent ist er losgeworden. Das macht ihm von den tausenden Besuchern dieses Markts so schnell niemand nach! Ob der kleptomanische Doppelgänger seinem freundlichen Verkäufer einen Besuch abgestattet hat?

Zu Hause leistet sich Benjamin ein ordentliches Abendbrot: Wurststulle, eine Tomate und Kräutertee.

„War das ein harter Tag heute!"

Übrig bleibt allerdings die alles entscheidende Frage nach dem Geschenk für seine Anastasia. Er nimmt sich vor, sich noch einmal geschickt nach ihren Wünschen zu erkundigen. Derzeit ist sie bei der Weihnachtsfeier der Damen ihrer Gymnastikgruppe. Das kann dauern. Aber dann …

Die Zimtzicke

Im Advent

Kalte Füße, noch mindestens vier Stunden lang, mieser können die Aussichten nicht sein. Gestern und vorgestern war es dasselbe. Die Vorhersage für das Wochenende verspricht kaum Besserung. Seit Tagen regnet es, so ein feiner, fieser Nieselregen, der durch alle Ritzen kriecht, gegen den nicht einmal dieser übersüßte Glühwein vom Nachbarstand auf dem Weihnachtsmarkt hilft.

Alice hat schlechte Laune. Das kommt selten vor. Sie ist eine lebenslustige, immer zu Späßen aufgelegte Frau. Das muss sie sein, das erwarten die Kunden von ihr, wenn sie die Waren anschauen. Alice verkauft auf allen Märkten im halben Land kostbare, wohlriechende Gewürze. Bei ihr gibt es alles, was das Herz begehrt. Und wenn ein Käufer unsicher ist, welche Gewürze an sein weihnachtliches Kuchenstück gehören, dann hilft sie immer mit einem guten Rat weiter. Solche Situationen nutzt sie gerne, hierzulande unbekannte Gewürze an den Mann, der meistens eine Frau ist, zu bringen. Sie empfiehlt ihre Ladenhüter. Die müssen schließlich auch raus. Die kennt zwar kein Mensch weit und breit. Aber gerade die würden den Pfefferkuchen eine ganz besondere Note verleihen. „Weihnachten exotisch" ist dann ihr Motto. Alice hört in diesen Momenten schon das Klingeln, nicht der Weihnachtsglöckchen, vielmehr das Klimpern der Münzen in ihrer Kasse. Sie ist die geborene Verkäuferin.

Dieses furchtbare Wetter ist geschäftsschädigend. Für solche Fälle müsste es einen Nothilfefond geben.

Neulich beim Hochwasser, da haben die doch auch … Weil keine Hilfe kommt, verrammelt Alice ihren Verkaufsstand, soweit es geht. Nur ein kleines Fenster ist noch offen. Der Rest rekelt sich hinter einer durchsichtigen, mit den Jahren etwas trübe gewordenen Plastikplane.

Heute hat Alice nicht nur kalte Füße und schlechte Laune. Sie hat auch einen Engpass. Hirschhornsalz ist alle - mitten in der Weihnachtszeit! Zum Glück lässt sich wegen dieses furchtbaren Wetters kaum ein Kunde sehen. Am Wochenende werden trotzdem einige kommen. Schon vorgestern hat sie die Bestellung der Ware aufgegeben, im Internet bei ihren Lieblingslieferanten in Südhonolulu. Natürlich sitzt der nicht in Südhonolulu. Aber den Namen dieser Stadt fast am Ende der Welt, vergisst sie andauernd. Der hat die besten Preise, auch wenn die Gewürze manchmal etwas überlagert sind. Sie waren sogar schon mit Kümmel vermischt. Kümmelkörner, die ursprünglich Reste der Verdauung dieser kleinen Nager waren, findet sie häufig in ihrem Laden. Inzwischen haben die Kümmelkrümel ihr Aroma an die Gewürze abgegeben und existieren nur noch als Mumie zwischen den Tütchen.

Alice ist total in Gedanken verloren. Die laute Musik vom Kinderkarussell nebenan nimmt sie gar nicht mehr wahr. Das Klingeln, die letzte Aufforderung, sich in eine Gondel zu setzen, ertönt heute nur selten.

„Hey Alice! Pennst du? Ich habe hier eine Lieferung Zimt für Dich. Siebenundachtzig Kilo Zimt. Du hast wohl einen Großabnehmer aufgerissen!", schreit ein Lieferant in ihre Bude. Es ist stets derselbe junge, dunkelhäutige Mann, der nie Zeit für einen Plausch hat. Er ist stets in Eile, parkt mit seiner fahrenden

Kiste stets im Halteverbot, knallt ihr die Ware auf den Tisch, fordert eine Unterschrift und ist gleich wieder weg. Alice mag ihn trotzdem. Er hat, genau wie sie, immer ein Lachen auf den Lippen. Schade, einen Tee würde sie gerne mit ihm trinken und ein wenig plaudern, besonders bei diesem ekligen Wetter. Da macht niemandem das Arbeiten Spaß.

„Hab ich nicht bestellt! Nimm den Mist wieder mit. Was soll ich denn mit siebenundachtzig Kilo Zimt? Ist sicherlich nicht für mich bestimmt!"

„Nee, hier steht dein Name drauf. Los! Unterschreib, ich muss weiter. Kannst den Kram ja zurücksenden. Gibst ihn mir am Montag wieder mit." So schnell geht das.

„Siebenundachtzig Kilogramm Zimt!", überlegt Alice. Dann schaut sie in ihren Unterlagen nach. Tatsächlich, sie hatte siebenundachtzig Kilogramm Zimt bestellt.

„Mist, ich habe in der Bestellnummer einen Zahlendreher drin!", stellt sie erschrocken fest. Ein paar Kilo Zimt wird sie bis Weihnachten hier bestimmt noch los. Aber siebenundachtzig Kilo von dem Zeug, das ist zu viel. Hirschhornsalz hat sie immer noch nicht! Davon würden zwei bis drei Kilogramm dicke genügen.

Sie packt die Pakete aus, will ein paar Tütchen auf ihren Verkaufstisch, der sich unter der Last der Großlieferung mächtig durchbiegt, ausbreiten.

Alice muss niesen. Sie muss genau siebenmal niesen. Die Zimttüten sind schlecht zugeklebt. Einige haben sich beim Transport geöffnet und das ganze Pulver rieselt nun auf den Tisch. Alice niest noch weitere elfmal über ihren Verkaufstisch. Dann hat sie endlich ein Taschentuch gefunden und schnäuzt kräftig hinein. Ein paar Weihnachtsmarktbesucher schlendern lustlos vorbei, einer sagt lachend:

„Zum Wohle!"

„Danke!"

Alice beschließt, die Tüten ordentlich zu verkleben. Sie hat Zeit und der Nieselregen wird dem Zimt nichts anhaben können. Sie stapelt die ganzen siebenundachtzig Kilogramm Zimt auf ihren Verkaufstisch. Dabei sortiert sie die halb offenen Tütchen aus und stellt sie an die linke Seite, von sich selbst aus betrachtet, die linke Seite. Sie beginnt in aller Gemütsruhe, eine Tüte nach der anderen mit durchsichtigem Klebestreifen zu verschließen. Heute hat sie Zeit und bei diesem Stress hier sind ihre Füße plötzlich sogar warm geworden.

„Haben sie einen besonderen Wunsch, meine Dame?", spricht Alice eine Kundin an, die sich für die Gewürze zu interessieren scheint, „Ich habe gerade eine Lieferung frischen Zimt bekommen. Wie wäre es damit? ,Bratapfel mit einem Hauch Zimt!' Das ist doch genau das Passende für die Weihnachtszeit!" Die Gewürzverkäuferin erwacht in Alice.

„Vielen Dank, junge Frau!", schmeichelt sie der etwa doppelt so alten Verkäuferin, „Ich bin dienstlich hier. Ich suche eine gewisse Alice, Alice, …, Mist, ich habe den Nachnamen vergessen. Mein Zettel ist weg. Jedenfalls verkauft sie Weihnachtsgewürze. Vielleicht …", sie hält inne und hofft an die passenden Person geraten zu sein.

„Och, da sind sie bei mir wohl an der richtigen Adresse. Wenn sie nicht gerade vom Ordnungsamt sind, nennen sie mich einfach nur Alice. Das machen alle hier!"

„Ich bin von der Presse, genauer gesagt vom ‚New York Exchange Journal', der Europaausgabe. Meine Kollegen sagen immer, ich wäre die Carla Columna des Dritten Jahrtausends." Dabei lacht sie geschlagene zwei Minuten über ihren Witz und kann sich kaum beruhigen. Alice hat es allerdings die Sprache verschlagen.

„Ich heiße Yvonne, wir sollten ‚Du' zueinander sagen. Wir haben ja schließlich dieselbe, wichtige Mission."

„Und … und was für eine M-i-s-s-i-o-n meinen sie, äh, meinst du?"

„Na Weihnachten! Alice, dir scheint das Wetter etwas aufs Gemüt geschlagen zu sein!"

„Das kann man wohl laut sagen!"

„Ich brauche ein Interview für unsere morgige Ausgabe - mit Bild. Um neunzehn Uhr ist Redaktionsschluss!"

„Du meine Güte!", Alice schwant Schlimmes. Diese Yvonne ist ihr nicht ganz geheuer. „Wen möchtest du denn interviewen?"

„Du stellst vielleicht Fragen! Dich natürlich, das wird bestimmt eine nette Story! Mal sehen, was Charly, der Chefredakteur, sagt. Ich werde den bequatschen, dass du auf Seite eins vom Lokalteil kommst! Ich hab noch was gut bei ihm", erklärt Yvonne. Sie legt die Hand beruhigend auf Alices Schulter. Alice ist schockiert.

„Meine Güte, das ist ein Tag heute! Erst dieser verdammte Dauerregen, der alle Kunden vertreibt, dann die riesige Zimtlieferung und nun noch Yvonne! Wenn sich das fortsetzt, …", weiter kommt sie mit ihren Gedanken nicht. Sie muss schon wieder niesen. Allerdings nur dreimal hintereinander. Doch gleich darauf passiert etwas, etwas völlig Unerwartetes, etwas, was sich Alice beim besten Willen nicht erklären kann.

* * *

„Wo bin ich?", denkt Alice und gähnt ausgiebig. Obwohl sie eine gute Erziehung genossen hat, damals bei der Großtante Gertrude in Posemuckel, hält sie sich die Hand nicht vor den Mund. Man könnte fast bis an ihrem Bauchnabel schauen, von innen allerdings. Außen ist ein dicker Mantel, ein warmer Pullover, dreifach Unterwäsche und das gestrickte Leibchen von der Großtante drüber. Jedenfalls könnte man den Nabel sehen, wenn man in ihren sperrangelweit aufgerissenen Mund gaffen würde, aber Alice ist alleine. Zumindest hat sie das Gefühl, dass niemand in der Nähe ist.

Alice hält einen Zettel, einen kackbraunen Zettel mit gelber Schrift in ihrer rechten Hand. Darauf steht nur ein Wort:

„Willkommen!"

Das ist alles. Zwar registriert Alice diesen kackbraunen, fast an Dünnschiss erinnernden Wisch, nimmt ihn aber nicht bewusst wahr. Sie sitzt auf einer Bank. Die scheint schön warm zu sein, eine Bank mit integrierter Heizung. Rings um sie herum fallen dicke Flocken. Siebzig Zentimeter Schnee sind wohl inzwischen gefallen, vielleicht sogar achtzig. Doch Alice hockt im Trockenen, mitten auf diesem großen Platz in einer ihr unbekannten Stadt. Ringsherum um sie türmt sich der Schnee, nun schon fast einen Meter hoch. Sie fühlt sich wohlig warm, nicht einmal die Füße frieren. Das ist das Einzige, was sie bewusst registriert, so etwas kommt schließlich nicht oft vor. Die Augen fallen ihr zu. War ein harter Tag heute und letzte Nacht musste sie die Abrechnung fürs Finanzamt machen.

„Diese Schweinehunde haben aber auch kein Erbarmen mit einer alten Frau!", hat sie die ganze Zeit, bis weit nach halb drei, geschimpft. Dann endlich ist sie ins Bett zu ihrem Mäxchen gekrabbelt. An Schlafen war da auch nicht zu denken. Sie hatte sich einfach zu sehr aufgeregt. Hätte er wenigstens … Sie bräuchte etwas zur Beruhigung, etwas das den Kreislauf, die Gefühle zuerst in Wallung und dann zur Ruhe bringt, anders als dieses elfseitige Behördenformular, ganz anders und vor allem schön prickelnd. Etwas wirklich Nettes würde ihr gefallen, notfalls eine kleine Rückenmassage. Aber der Kerl hat geschnarcht, wie ein Waldarbeiter in der Hochsaison mitten im allertiefsten afrikanischen Urwald, da wo die dicksten Bäume wachsen.

Endlich öffnet sie das linke Auge. Inzwischen türmt sich der Schnee auf zweieinhalb Meter. Sie sitzt im Trocknen, unter freiem Himmel. Weit oben sind so richtig dunkle Schneewolken, die ihre Pracht gerade und eher großzügig entladen. Kurz über ihrem Kopf biegen die Schneeflocken nach links oder rechts ab. Alice wundert sich und öffnet nun sogar noch das rechte Auge. Da stellt sie fest, nicht ganz alleine zu sein. Neben ihr auf der Bank sitzt jemand.

„Ah, sie sind wieder wach, Alice", spricht eine Person zu ihr, von der sie nicht einmal sagen kann, ob es eine Frau oder ein Mann ist. Selbst die Stimme klingt weder nach Mann, noch nach Frau. Das scheint so eine Art Zwitter zu sein. Ein Zwitter in trägerlosem Hemd und kurzem Höschen, unter dem hübsche

Bäckchen ihre Spielchen treiben. Weder die Figur dieser Person noch irgendwelche kleineren oder größeren Ausbuchtungen der Wäsche verraten irgendetwas. Die Nase ist platt, wie bei einem Boxer nach dem Kampf. Die Person wundert sich über Alices dicke Kleidung, ist es hier doch warm, wie in ihrem Wohnzimmer zu Hause. Alice ist irgendwie, jedenfalls mächtig irritiert.

„Wer sind sie? Woher kennen sie meinen Namen? Haben sie die Einladung geschickt?" Sie deutet auf den kackbraunen Zettel in ihrer Hand. Eine einzige Schneeflocke rekelt sich darauf, nur einen Moment lang. Hat die sich verflogen?

Ganz langsam wächst in Alice so etwas wie Ärger. Was soll das hier? Ist es ein Traum? Macht jemand seinen Schabernack mit ihr?

„Sagen wir einfach, ich bin Eno und ich habe sie beobachtet, als sie an Ihrem Fenster standen und einen Wunsch ausgesprochen haben. Und sie sind hier, damit er sich erfüllt", entgegnet diese merkwürdige Person in einem perfekten Hochdeutsch. Solche Leute sind Alice per se verdächtig.

„Ich bin in Frankfurt geboren, da wird hessisch gebabbelt!", steht für sie fest.

„Wo bin ich?", fragt sie fast schüchtern. Allerdings spürt man so etwas wie Zorn in ihren Worten, Zorn, der sich jeden Moment in einer Explosion entladen kann. Einen solchen Gefühlsausbruch traut man dieser kleinen, schmächtigen Marktfrau gar nicht zu.

„Die richtige Frage lautet: ‚Wann bin ich?' Sie sind im Jahr 2312", wird Alice umgehend belehrt. Damit hatte sie allerdings nicht gerechnet. Also geht hier nicht alles mit rechten Dingen zu.

„Hat Wladimir ein sibirisches Hochdruckgebiet geschickt, eine neuartige Waffe, welcher der Westen gnadenlos ausgeliefert ist? Was ist das auch für ein jämmerlicher Hampelmann, dieser Amerikaner!", schimpft Alice. „Wenn der wenigstens auf unsere Regierung hören würde! Dann wäre die Welt vielleicht noch zu retten, vielleicht. Aber mit diesem Ami ist es völlig aussichtslos!"

„Sie wollen mir weismachen, ich sei irgendwie … durch die Zeit gereist?", entgegnet Alice ein wenig spöttisch. Sie ist nun echt genervt. Sie möchte nach Hause. Die scheinen schon im Advent Fasching zu feiern! Das hier ist doch nicht Köln! Das ist eine seriöse Stadt! Wahrscheinlich.

„Nicht irgendwie. Mit Zimt. Zimt ist ein in Ihrer Zeit noch gänzlich unerforschtes Gewürz. Erst im Jahr 2156 erkannte eine Forschergruppe an der Universität Frankfurt, dass Zimt in hoher Konzentration Zeitsprünge ermöglicht."

„Die spinnt ja völlig!", steht für Alice augenblicklich fest. Sicherheitshalber kneift sie sich in den Po, ganz unauffällig, aber kräftig. Sie spürt es, so wie damals, als sie Mäxchen beim Karneval in Köln, ja in diesem Köln, kennenlernte. Der Schlawiner hatte sie auch in den Hintern gekniffen, dafür eine schallende Ohrfeige geerntet. Der anschließende Kuss war nicht nur der längste ihres Lebens, sondern auch der Folgenreichste. Eine Folge waren die Drillinge. Aber das ist alles lange her und dieser Kuss selbst ist auch nicht schuld daran, sondern Hilde. Die hatte Mäxchen gerade fünf Minuten zuvor verlassen, weil der mit einer anderen … Und dann lief diesem Macho eine Frau namens Alice über den Weg. Mäxchen war damals noch gut im Umdisponieren. Alice hat es ihm rasch abgewöhnt.

Sie ist also wach, keine Spur von einem Traum ist zu entdecken.

„Soll ich mich jetzt aufregen, den Aufstand proben oder abwarten, was passiert?" Alice entscheidet sich für die dritte Option.

„Und nun?", fragt sie, um wenigstens diese peinliche Stille zu beenden.

„Sie hatten einen Wunsch, den muss man nun erfüllen!", entgegnet Eno und erhebt sich. „Gehen wir zum Marktplatz, dort schauen wir mal, was sich machen lässt." Als Alice aufsteht und losgehen will, eckt sie prompt an die Schneewehe an.

„Lassen sie mich vorweggehen. Mein Chip steuert die Gehwegheizung. Ich sehe schon: Sie kommen hier nicht vorwärts." Eno geht los und wie von Zauberhand öffnet sich vor ihr eine Gasse im Schnee. Alice folgt ihr. Andere Alternativen scheint es im Moment nicht zu geben. Am liebsten würde sie sich von den dicken Klamotten, die sie trägt, befreien. Es ist mächtig warm, trotz des vielen Schnees links und rechts neben ihr. Aber noch traut sie dem Frieden nicht. Schließlich liegen hier inzwischen fünf Meter Schnee, übereinander. Als Eno merkt, dass Alice ihr so schnell nicht folgen kann, bleibt sie stehen.

„Ja, seit zweihundert Jahren haben wir zunehmend Eiszeit in Europa. Aus der Erderwärmung ist dank eines völlig missglückten Wetterexperiments der Russen, Chinesen, Amis oder waren es die Japaner - das weiß man nicht so genau - eine Eiszeit geworden. In Sibirien ist jetzt eine Trockenwüste mit konstant siebenundsiebzig Grad im Schatten. Dafür ist es bei uns saukalt. Zum Glück haben wir rechtzeitig diese wunderbare Fußbodenheizung installieren können … Geht's wieder? Wollen sie ein paar Sachen ablegen? Die brauchen sie wirklich nicht!" Alice zieht den Mantel, den Pullover und die wollene Unterwäsche aus. Samt der zwei Hosen, den Leggins und dem Liebestöter von Großtante Gertrude legt sie alles auf eine Bank. Sie faltet es ordentlich zusammen, so wie sie es auch Mäxchen beigebracht hat, damals in der ersten Woche nach ihrer Trauung. Eno meint, den Kram würden sie später wieder abholen. Dann amüsiert sie sich über dieses „herzallerliebste Leibchen", das Alice gerade abgelegt hat. Wutentbrannt schmeißt sie es fort.

Sie gehen weiter und biegen schließlich in die große Einkaufsmeile ein. Sie treffen viele Leute, die hier flanieren. Alice fühlt sich beobachtet. Sie schämt sich mächtig, ist sie doch nur mit ihrer schicken, roten, weißgepunkteten Unterwäsche bekleidet. Ihr Mäxchen steht so auf Punktmuster! Plötzlich wird sie von einer jungen Frau angesprochen:

„Wo gibt es diese wundervollen Teile? Oder haben sie die direkt aus Paris?" Alice ist total verdattert. Die Frau sieht in ihrer rosaroten, bikiniartigen Kleidung auch ganz manierlich aus. Was man hier so als manierlich bezeichnen kann, mitten in der Stadt. Bevor sich Alice weiter wundern kann, sagt Eno zu ihr:

„Alice, leider können wir deinen Wunsch nicht erfüllen! Überleg dir schnell etwas anderes."

„Hm, …", überlegt Alice. „Was habe ich mir denn überhaupt gewünscht?"

„Weißt du das nicht mehr? Du brauchtest einen Batzen Papiertaschentücher! Du hattest so oft geniest, dass du dir die Nase putzen wolltest. Doch Taschentücher gibt es seit hundertdreiundzwanzig Jahren nicht mehr. Wir stopfen die Nasenlöcher mit gedünsteter Heringsgalle zu, dann können sie nicht mehr laufen und Bazillen finden den Eingang nicht. Somit ist Schnupfen als Volksseuche ausgerottet!"

„Ich wünsche ich mir fünfzig Tüten Hirschhornsalz!", sagt Alice in einem Anflug von Stolz auf sich selbst. Schließlich spart sie dadurch etliches an Kosten, die ihr der Lieferant aus Südhonolulu berechnen würde.

„Was wünscht du dir? Wünsch dir etwas, was es auch gibt!" Alice ist ratlos. Nicht einmal Hirschhornsalz haben die im Jahr 2311! Oder ist es das Jahr 2312?

„Ach, ist doch egal! Die spinnen hier sowieso. Auf ein Jahr kommt es nun wirklich nicht mehr an." Sie überlegt hin, sie überlegt her. Sie beginnt, vom Überlegen sogar zu schwitzen. Ihr fällt einfach nichts ein.

„Gehen wir erst einmal einen Kaffee trinken", schlägt Eno vor. Während sie in einer Konditorei am Tisch sitzen, eine Tasse Kaffee trinken, ein Stück Apfelstrudel, eines mit ganz viel Zimt, futtern, kommen sie ins Plaudern. Eno erzählt aus ihrer Zeit.

„Wenn ihr es so schwer habt, sucht euch doch einfach einen Klumpen Zimt und wünscht euch in ein anderes Zeitalter!"

„Du meinst, …", staunt Eno über diesen Vorschlag.

„Vielleicht gibt es ja irgendwann mal wieder eine Warmzeit? Schickt mal eine Expedition los. Die darf nur den Zimt für die Rückkehr nicht vergessen!"

„Du bist genial! Einfach genial! Ich glaube, du hast die Menschheit gerettet! Bitte verrate nichts an die Russen oder Amis."

„Sag mal", nimmt Alice das Gespräch nach einer Weile wieder auf. „Sag mal, wieso seht ihr alle so komisch aus. Ich weiß ja nicht einmal, ob du eine Frau oder ein Mann bist. Schau mich an … Bei mir gibt es keine Unklarheiten." Alice ist stolz auf ihre Figur. Trotz der über fünfzig Lebensjahre ist sie eine sehr ansehnliche Frau, nur ein klein wenig größer wäre sie gerne. Da bräuchte sie sich nicht so zu recken, wenn sie ein Gewürztütchen im obersten Fach des Regals sucht.

„In unserer Zeit ist es saukalt. Und da schrumpft alles in sich zusammen. Würde etwas überstehen, käme es in Sekunden zu Vereisungen. Anfangs hatten die Männer erhebliche Probleme. Und die Frauen, die etwas mehr Holz vor der Hütte hatten – so nennt ihr das wohl – brauchten spezielle BH: BusenHeizungen. Im Laufe der ersten hundertfünfzig Jahre der Kaltzeit hat sich die Natur an die Klimaänderung angepasst. Europäer haben keine Überstände mehr, die verstecken sich alle in ihrem Innern. Schau meine Nase! Die Kälte kann ihr nichts anhaben. Wenn aber mal ein Japaner zu uns kommt … Ich weiß nicht, wann ich den letzten gesehen habe. Die schimpfen nur, dass ihre Nasen und Fotoapparate so schnell vereisen und fahren schnell wieder heim."

„Und diese Fußbodenheizungen …?", entgegnet Alice.

„Die gibt es nur in den Städten. Sonst sind wir dem ständigen Schneegestöber schutzlos ausgesetzt." Alice ist verblüfft. Doch ist Eno nun eine Frau? Und wenn die alle gleich aussehen, wie finden die dann zusammen? Diese Welt ist einfach nur rätselhaft. Eno scheint die Fragezeichen in Alices Gesicht verstanden zu haben.

„Wenn wir lange genug in einem gut geheizten Raum sitzen, dann erkennt man deutlich, wo die Unterschiede von Mann und Frau sitzen. Da kommen unsere versteckten Qualitäten zum Vorschein. Deshalb tragen wir dehnbare Stretchbekleidung. Du solltest mal sehen, was dann bei uns abgeht." Nein, darauf ist Alice im Moment wirklich nicht scharf. Lieber erträgt sie das Schnarchen ihres Mäxchens. Wenn das endlich überstanden ist,

… Sie brauchen keine dehnbaren Höschen und Hemden!

„Ich weiß, was ich möchte! Ich brauche einen dicken Batzen Zimt für meine Heimreise!" Alice freut sich, den Wunsch der Wünsche gefunden zu haben.

„Das lässt sich machen! Warte einen Moment, ich bin gleich wieder zurück!"

Mit einem riesigen Stück Zimt machen sie sich auf den Rückweg zu Alices Ankunftsort. Schließlich benötigt Alice ihre Sachen, die dort liegen.

Kurz davor ist ein großes Gewimmel. Es scheint eine wilde Keilerei zu geben. Nur Frauen sind daran beteiligt. Frauen? Größtenteils sind es solche geschlechtslos erscheinenden Personen, wie Eno. Schließlich stellt sich heraus, dass sie sich um Alices Kleidungsstücke streiten. Jede möchte solch ein hypermodernes Teil tragen. Der größte Zank geht um das Leibchen von Großtante Gertrude. Das will Alice natürlich am allerwenigsten hergeben, ist es doch nicht nur so wunderbar praktisch, sondern obendrein auch ein Erinnerungsstück an diese Großtante, mütterlicherseits. Aber was hilft es. Der Streit ist nicht zu schlichten, schon gar nicht zugunsten von Alice.

„Gib mir mal den Zimt!", sagt Alice. Eno wundert sich. Alice packt ihn rasch aus und atmet mit gierigen Zügen den Duft ein. Eno denkt traurig

„Was für eine Zimtzicke! Nur weil die ihre Klamotten zerfetzen, ist sie eingeschnappt. Die braucht sie doch sowieso nicht!" Aber mit dieser Erkenntnis liegt Eno völlig falsch.

* * *

Und Alice liegt mit einem Schlag auf dem Weihnachtsmarkt, mitten in unserer Zeit, mitten in einer Pfütze. So wie sie gelandet ist, müsste ihr Hintern mächtig schmerzen. Nein, die Landung hat sie nicht gespürt, wenn man von dem Wasser der großen Lache absieht. Sie ist wieder im Dezember dieses Jahres angekommen. Wie lange ihr Ausflug in die Zukunft dauerte, ahnt sie nicht. Sie denkt, es waren bestimmt mehrere Stunden. Klatschnass ist sie und es regnet immer noch.

Drei Kinder, so richtige Lausejungen, die mit ihren Gummistiefeln durch die Nachbarpfützen platschen, lachen sie aus.

„Mitten im Winter rennt die im Bikini herum!", grölt einer und sie kriegen sich vor Feixen kaum ein.

„Nee, das ist ihre Unterwäsche!", ruft ein anderer, „Die hat nur Schlüppa an!"

„Die ist bestimmt im Puff entlaufen!"

„Scheiße! Mein Handy hat keinen Saft mehr! Macht mal fix ein paar Bilder!"

Schnell steht Alice auf. Das mit den Fotos hat ihr gerade noch gefehlt. Heute sind es drei Bengel, morgen die ganze Schule und übermorgen geistert sie durchs Internet. Darauf hat sie wirklich keine Lust. Sie flitzt zu ihrer Gewürzbude und zieht die alte Kittelschürze, die in der Ecke hängt, über. Sie friert. Und eine Fußbodenheizung gibt es in der ganzen Stadt nicht, zumindest außerhalb der Häuser.

Plötzlich merkt sie, dass da noch jemand am Fenster ihrer Bude lehnt. Es ist Yvonne, die Reporterin.

„Mein Gott! Sie haben ja eine Ausdauer!"

„Gerade eben haben wir uns mit ‚Du' angeredet! Und wieso sagst du, ich hätte Ausdauer?"

„Nur so, ist mir rausgerutscht." Jetzt weiß sie wenigstens, dass der Ausflug sehr kurz war.

„Man könnte meinen, du hast gerade etwas Stress! Wer hat dich eigentlich ausgezogen, mitten im Winter? Bei diesem Mistwetter läuft man doch nicht nackt durch die Gegend. Noch dazu mitten in der Stadt!"

„Yvonne! Versprich mir eines! Sag niemandem etwas davon. Du hast nichts gesehen! Versprich es! Bitte!"

„Weißt du, Alice, ich …"

„Versprich es mir!" Alice wird laut, ihre Stimme signalisiert, dass Widerspruch zwecklos ist.

„Na gut, ich verspreche es. Aber irgendetwas brauche ich natürlich für meinen Zeitungsartikel, etwas Interessantes! Eine nackte Zimtverkäuferin wäre zwar der Renner, doch wenn du etwas Gleichwertiges hast … Die rote, weißgepunktete Unterwäsche steht dir übrigens gut. Wo hast du die denn her?"

„Ist ein Werbegeschenk von meinem Lieferanten. Weil der so teuer ist, hatte ich fünf Monate lang nichts bei dem bestellt. Das ist der Knoblauchsalzlieferant. Und um mich zu ködern, hat der mich zu einer Dessous-Party eingeladen. Mich, Alice, zu einer Dessous-Party, das muss man sich mal auf der Zunge zergehen lassen! Die Idee ist mindestens drei Zacken schärfer als sein lasches Knoblauchsalz. Da musst du auch mal hin! Dann kannst du eine Story schreiben!"

„Erzähl!"

„Ich heiße übrigens Pauline Schmidt und bin eine 25-jährige Glühweinverkäuferin aus Kassel und leide an Bulimie! Nur für den Fall, dass du mich in deinem Magazin erwähnen solltest!"

„Das Magazin ist die Europaausgabe des berühmten ‚New York Exchange Journals'! Also nicht irgendein Käseblatt!"

„Wie hoch ist mein Honorar überhaupt?", in Alice erwacht die Geschäftsfrau. Schließlich hat sie bei ihrem Ausflug in die Zukunft einige Klamotten eingebüßt. Yvonne druckst herum.

„Weißt du, wenn ich dir von diesem mickrigen Sold, den die Zeitung zahlt, und mein Blatt entlohnt vergleichsweise gut, nur eben in Dollar, nicht in Euro, noch etwas abgebe, dann …"

„Ist gut, Mädel!", die Mutterinstinkte in Alice gewinnen kurzzeitig die Überhand über die Geschäftsfrau.

„Aber vielleicht kaufst du mir stattdessen ein Pfund Zimt ab! Ich habe gerade frische Ware bekommen und Weihnachten steht vor der Tür!"

„Das könnte ich mir überlegen. Nun erzähl!"

„Hm, also das war so. …", beginnt Alice. Lang und breit erzählt sie die Story dieser Party.

„Nein, nein, so geht das nicht. Da werden wir bis Weihnachten nicht fertig. Dann doch lieber die Geschichte mit der halbnackten Zimtverkäuferin!"

„Bist du verrückt geworden!"

„Ich muss liefern! Der Chefredakteur kennt keine Gnade!" Alice bekommt Angst. Wenn ihre Story in der Zeitung steht, dann kann sie sich hier nicht mehr blicken lassen, dann wird sie zum Gespött des ganzen

Weihnachtsmarkts. Sie grübelt, wie sie aus dieser Nummer wieder herauskommt.

Sie könnte natürlich einfach den großen Fensterladen der Gewürzbude herunterklappen. Es wäre zappenduster und Yvonne müsste zusehen, wie sie zu ihrer Story kommt. Vielleicht knallt das Teil auch an ihre Birne, dann liegt Yvonne benommen auf der Gasse und schnappt nach Luft, wenn sie das noch kann.

„Anschließend leiste ich Erste Hilfe und bin morgen in der Presse die große Heldin! Quatsch mit Soße!" Alice verwirft den Plan, bevor er fertig gesponnen ist. Yvonne trommelt mit ihren Fingern ungeduldig auf den Verkaufstresen.

„Die ist wirklich mit allen Wassern gewaschen! Was mache ich nur? Wenn die schreibt, dass ich auf dem Marktplatz halbnackt, nur mit meiner Lieblingsunterwäsche, dieser roten, weißgepunkteten Unterwäsche herumturnte, dann bin ich geliefert!"

„Wie lange soll ich denn noch im Regen stehen?"

„Na komm rein, unter dem Tresen ist wenigstens ein kleiner Heizofen", lädt Alice diese nervige Journalistin ein.

„Halt!", schreit sie plötzlich. Yvonne bekommt einen Riesenschreck und bleibt mitten in der Tür stehen. Es klingt für Yvonne nach Verbrechen oder Spinne. Gibt es hier eine Leiche? Verbrechen wäre für Yvonne jetzt genau das Richtige. Spinne klingt nach sofortiger Flucht. Gut, dass Alice nichts von ihrer Spinnenphobie ahnt! Statt mit dieser langweiligen Alice zu quatschen, wäre eine echte Leiche oder wenigstens ein Interview mit dem Mörder, genau das, was sie braucht. Charly, der Chef, wäre begeistert. Sie würde ihm einen Fuffziger extra aus den Rippen leiern und für das Foto noch einen!

„Komm rein! Mach die Klappe zu, es ist kalt!"

„Na, was denn nun? Erst sagst du ‚Halt' und nun soll ich doch?"

„Ja komm! Ich setze uns einen Kaffee auf, okay?" Alice wartet die Antwort nicht ab. Während sie die klapprige Kaffeemaschine bedient, erklärt sie Yvonne ihren Plan.

„Schreib, was du gesehen hast. Ich erzähle dir die Geschichte dazu. Die ist unglaublich, aber wahr. Meinetwegen kannst du mich auch fotografieren, in der roten, weißgepunkteten Unterwäsche, wie ich mitten in der Pfütze liege." Sie öffnet die Kittelschürze verführerisch und schwingt ihre dreiundfünfzigjährige Hüfte.

„Spinnst du plötzlich? Du weißt, dass ich das mache und dann gibt es kein zurück mehr!"

„Mach es! Zur Belohnung nehme ich dich zur nächsten Dessous-Party mit."

„Nee, Danke! Das ist wirklich nicht nötig."

„Na gut! Dann eben nicht. Du verpasst etwas! Wann erscheint der Artikel?"

„In der morgigen Ausgabe. Wir müssen uns beeilen!" Der Kaffee ist nun auch fertig. Sie sitzen gemütlich in Alices Gewürzbude. Yvonne lauscht dem Bericht der Gewürzhändlerin, macht Notizen. Dann suchen sie sich eine große Pfütze unter einer Laterne.

„Ich brauche ordentliches Licht zum Knipsen!", sagt Yvonne streng und mit Kennermiene. Die wenigen Passanten, die unterwegs sind, wundern sich. Da scheint eine ältere Dame in roter, weißgepunkteter Unterwäsche mächtig verrückt zu sein. Und dann noch diese eifrige Fotografin!

Alice und Yvonne verabschieden sich mit einer Umarmung, so als wenn sie sich seit Jahren kennen und ins Herz geschlossen haben.

Alice hat für heute genug erlebt. Deshalb schließt sie ihre Weihnachtsmarktbude. Jetzt kommt sowieso kein Kunde mehr. Zu Hause wird sie sich erst einmal ein heißes Bad gönnen, Mäxchen ihre Story erzählen und dann ihre Hirschhornsalzbestellung aufgeben. Allerdings sollte sie noch weitere hundert Kilo Zimt bestellen, per Expresslieferung, für morgen früh! Bestimmt glaubt Mäxchen:

„Die Alte ist ja wieder mal total durchgeknallt!" So etwas denkt der öfter mal. Das ist Alice längst gewöhnt. Diesmal allerdings hat er wirklich mal recht!

***

Dieses verdammte Nieselwetter will und will nicht aufhören. Wenn es wenigstens fünf Grad kälter wäre, dann käme der ganze Kladderadatsch als Schnee herunter und die Weihnachtsstimmung auf dem Weihnachtsmarkt wäre gerettet.

Alice ist das völlig egal. Sie öffnet die Gewürzbude extra ein Stündchen früher. Zur Feier des Tages trägt sie heute ihre schönste Leibwäsche: Die rote, weißgepunktete Unterwäsche. Und nichts drüber. Mäxchen hat ihr eine zusätzliche Heizung unter den Verkaufstisch gestellt. Schließlich soll sich seine Alice nicht erkälten! Die Expresslieferung Zimt ist auch gerade eingetroffen. Der junge, dunkelhäutige Mann vom Expressservice schaut zweimal hin, als er Alice so sieht. Er sagt nichts, schmunzelt nur und knallt die schweren Kisten mit dem Zimt auf den Verkaufstisch. Er stöhnt von der Anstrengung:

„Unterschreib! Aber die hole ich nicht wieder ab, falls es eine Fehllieferung ist!"

„Keine Angst! Es kann höchstens sein, dass ich heute Abend noch eine Nachbestellung aufgeben muss." Kopfschüttelnd zieht der Mann weiter zum nächsten Kunden. Bewundernd dreht er sich noch einmal um und staunt über die tolle Figur seiner Kundin:

„Wahnsinn! Das hätte ich nicht gedacht. Dabei ist die bestimmt doppelt so alt wie ich. Wenn ich Zeit hätte …" Weg ist er.

An Alices Gewürzbude ist heute den ganzen Tag über eine lange Schlange. Alle wollen Alice bewundern und diesen Zauberzimt kaufen. Das New York Exchange Journal, die Europaausgabe, musste eine Auflage nachdrucken, so groß war der Ansturm. Die Radiosender haben berichtet. Ständig wird ihr Stand von Reportern umlagert. Während Alice den Zimt verkauft, ab und zu einen Schluck heißen Ingwertee, den Mäxchen ihr bereitet hat, trinkt, gibt sie ein Interview nach dem anderen. Sogar die Tagesschau …

Spät am Abend, Alice ist völlig entkräftet, kommt Yvonne, die rasende Reporterin vorbei. Strahlend berichtet sie, dass sie ihrem Chef eine Extraprämie aus den Rippen geleiert hat.

„War gar nicht schwer! Solch eine Auflage hat unser Käseblatt noch nie gehabt. Der Kerl war kurz vor der Entlassung. Du weißt ja, mit Fußballtrainern machen die das genauso. Wenn die keine Tore schießen, fliegen die. Aber nun ist er gerettet, zumindest bis Weihnachten."

„Gratuliere! Ich habe nur ein Problem. Der Zimt ist alle."

„Mensch, das ist ja prima! Da hast du heute doch gut verdient!"

„Ich wollte dir für deinen Bratapfel wenigstens ein Tütchen …" Strahlend kommt Mäxchen aus der Ecke der Verkaufsbude hervor. Er hatte gerade ein Nickerchen gemacht, war von vielen Teekochen völlig ausgelaugt. Was hält er denn da in der Hand?

„Yvonne, ich habe das allerallerletzte Zimttütchen für dich gerettet!"

N.B.: Vielen Dank, liebe Autorenkollegin Yvonne Pioch aus Frankfurt. Vielen Dank, dass ich für dich die Rolle der Reporterin schreiben durfte. Vielen Dank, dass du mir den Dialog-Ausschnitt (im Text **fett** gedruckt) aus deinem Buch „Der Männer-Backomat", Teil 1 (ISBN: 978-1481059626) zur Verfügung gestellt hast, so dass ich eine neue Geschichte drum herum basteln konnte.

2 Weihnachten

Weihnachten ist ein ganz besonderes Fest. Es wird von Groß und Klein sehnsüchtig erwartet und akribisch vorbereitet. Viele wunderschöne Traditionen und Rituale, teilweise sehr persönliche, familiäre Bräuche bestimmen dieses Feiertage. Wir alle können sie kaum erwarten.

Für Kinder ist der Advent eine Zeit, in der sie lernen müssen, Geduld zu haben. Das ist nicht leicht. Es geschehen so viele Dinge, welche das Warten zur Qual werden lassen. Und die Frage, gibt es ihn wirklich, den Weihnachtsmann, ist schwerlich zu beantworten. Es könnte ja sein oder nicht oder doch oder … Sicherheitshalber sind die Kinder ein paar Tage lang besonders lieb.

Der Weihnachtsmann hat viel zu tun. Jedes kleine und große Kind erwartet seinen Besuch. Plötzlich, kurz vor dem Heiligen Abend passiert ein furchtbares Verbrechen! Muss er die Geschenke nun nackt, jedenfalls halbnackt, zumindest ohne ein wichtiges Utensil an Kind, Frau und Mann bringen?

Das letzte Türchen
24. Dezember

Vom Weihnachtsbraten, vielen Plätzchen, Mutters Kartoffelsalat, einer verschnarchten Theateraufführung, einer dicken Pizza, dem allerletzten Türchen, einer Naturkatastrophe, einem Leuchtturm und einem überlagerten Schokoladenosterhasen von 1998

Das letzte Türchen

24. Dezember

Heute ist der Heilige Abend. Morgen ist Weihnachten vorbei - nicht ganz vorüber, nur fast. Ein paar gewichtige Kleinigkeiten stehen noch auf dem Plan: der Besuch von Tante Erna und Onkel Ludwig, der Weihnachtsbraten sowie das Weihnachtskonzert im örtlichen Theater.

Der Braten muss doch verputzt werden, sonst war alles umsonst. Der reicht für knapp drei Tage und jeweils fünfzehn Gäste. Da darf nichts übrig bleiben! Und dann sind ja noch die Gans, diese klitzekleine 15 kg leichte Pute und das halbe Wildschwein im Kühlschrank. Die Batterie Dreipfundstollen im Vorratsschrank wartet ebenfalls darauf, vertilgt zu werden. In diesem Jahr wurden auch die Rosinen nicht vergessen! Bei den Plätzchen haben wir uns wohl etwas verrechnet. Das wird knapp, nur drei Schüsseln sowie die bunte Blechschachtel mit den Vanillekipfeln, das wird nicht reichen, jedenfalls nicht bis Ostern und nicht, wenn Onkel Ludwig die findet. Von Mutters Kartoffelsalat, nach dem alten Rezept von Ururoma Agnes bereitet, steht eine halbe Schüssel im Kühlschrank. Der Berg mit den Wienern ist geschrumpft. Benjamin schätzt, es sind nur noch schlappe siebenundzwanzig Paar übrig.

Das Konzert im örtlichen Konzertsaal wird auch nicht unproblematisch, besonders weil Onkel Ludwig nach dem Mittagessen etliche Verdauungsschnäpse vertilgt. Das muss sein, sagt er, Schnaps fördere die Fettverbrennung. Alle befürchten, dass er abends schnarchend im Theatersessel klemmt. Diese Nummer kennt man, die ist längst ein Ritual. Tante Erna haut ihm dann immer völlig unauffällig ihren Ellenbogen in die Rippen. Das bringt drei Atemzüge lang Entspannung.

Ach ja, Silvester lugt ja auch schon hinter dem nächsten Wochenende hervor. Mutters Kartoffelsalat, die Gans und …

„Oh je, wir haben vergessen, Bratheringe zu kaufen!" Anastasia überlegt, ob sie schnell mal in den Supermarkt düsen sollte. Dann fallen ihr die ganzen Vorräte ein, die ihrem Schicksal entgegensehen. Es wird auch ohne Bratheringe reichen. Der Vorsatz, ab und zu ins vegetarische Lager zu wechseln, muss warten. Selbst für die kleinste Möhre ist einfach kein Platz in den Vorratslagern. Noch mehr essen, das geht nun wirklich nicht! Frühestens im März, wenn die Reste aufgefuttert sind, klären wir, ob eine Ernährungsumstellung angesagt ist. Wer erinnert uns daran?

Benjamin überlegt schon am Abend des ersten Weihnachtstages, dass er nach den vielen Leckereien des Weihnachtsfestes endlich mal wieder etwas Handfestes, vielleicht eine Pizza oder zwei Hamburger, essen sollte. Natürlich traut er sich nicht, so das seiner Liebsten vorzuschlagen. Anastasia würde ihn zuerst strafend anblicken und dann mit diesem furchtbaren Unterton sagen:

„Du bist ja ein völliger Weihnachtsbanause. Da gebe ich mir so viel Mühe mit dem Backen und Kochen und den ganzen Vorbereitungen und meine Mutter erst einmal, denk mal an den Kartoffelsalat und den Blechkuchen und die Cremetorte und was sollen Tante Erna und Onkel Ludwig von uns halten? Und du …" Nicht ein einziges Mal wird sie Luft holen, wenn sie das sagt. Dann dieses „Und du …!" Gerade das ist es, was er so fürchtet. Nein, das möchte sich Benjamin wirklich nicht anhören. Lieber quält er sich noch ein paar Tage lang die weihnachtlichen Köstlichkeiten rein.

Der nächste Tag, es ist Nachmittag. Onkel Ludwig ist soeben von seinem Mittagspäuschen erwacht. Garantiert drei Hektar Bäume, so richtig fette deutsche Eichen, Zweihundertjährige mindestens, hat er erlegt. Er nimmt Benjamin an die Seite und sagt mit verschwörerischem Unterton zu ihm:

„Komm, wir vertreten uns mal die Beine, drehen eine Runde ums Karree!" Benjamin wundert sich. So kennt er den Onkel wirklich nicht.

„Wir sind in einem halben Stündchen wieder da!", ruft er den Frauen in der Küche noch zu und weg sind die beiden. Drei Häuser weiter ist eine Pizzeria. Zielgerichtet steuert Ludwig drauf zu.

„Ich muss endlich mal etwas Ordentliches essen!", sagt er und bestellt sich die Nummer 117, extra groß. Benjamin nimmt die 83, mittelgroß. Es ist ein wirklich schöner Nachmittag. Sie merken nicht wie die Zeit vergeht. Pünktlich, eine Stunde nach dem Nachmittagstee kommen sie wieder zu Hause an.

„Hattet ihr gar keinen Hunger?", werden sie vorwurfsvoll begrüßt.

„Nein, es war so schöne Luft da draußen. Da sind wir die große Runde gelaufen."

Anastasia überrascht ihren Freund spät abends beim Zubettgehen mit den Worten:

„Hoffentlich sind die Feiertage bald vorbei. Weißt du, was ich dann mache?"

„Äh, hm, nee, … weiß ich nicht."

„Ich gehe rüber zu Giovanni und esse eine 71, aber die ganz große Ausführung. Egal, ob mir davon schlecht wird oder nicht!"

* * *

Gleich sind wir durch mit den Türchen am Adventskalender. Ist tatsächlich noch eine Tür ungeöffnet? Klar, wir schummeln doch nicht! Wir haben nur mal ein ganz, ganz klein wenig durch das Fenster in der Tür geschielt. Man erkennt ja schon verschwommen, was sich Tolles dahinter verbirgt. Dann hüpfen wir an diesem miesepetrigen Morgen letztmalig wie der geölte Blitz aus dem Bett. Mit dem einen halb geöffneten Auge wird das Ziel routinemäßig fixiert. In langem Sprung, die Jalousie des zweiten Auges klemmt schlaftrunken, erreichen wir unseren Adventskalender und reißen die VIER-UND-ZWANZIG auf.

Ohne diese kleine Kalorienbombe am Morgen geht zurzeit nichts mehr. Die Schlankheitsdiätdienste jubeln. Unendlicher umsatzstarker Gewichtsfrust kommt auch im nächsten Jahr auf sie zu. Der Blick aus dem Fenster auf die unweihnachtlich graumeliert anzuschauende Welt lässt uns noch ein Stündchen zurück ins kuschelwarme Bett fallen. Die Koordination zwischen Weihnachtsmann und Petrus ist echt unprofessionell! Solch eine Naturkatastrophe hält man nur unter dem schützenden Federbett aus! Wie schön wäre eine weiße Weihnacht. Wir lieben es, die letzten drei Stunden vor der Bescherung, Schnee zu schieben.

Zum Glück bringt der geliebte Rotmantel heute Abend heiligen Schokoladennachschub. Und nicht nur das. Viele bunte Päckchen landen unterm Weihnachtsbaum. Wir freuen uns alle ein Loch in den Bauch. Geschenkideen suchen, Präsente besorgen und einpacken ist eine anstrengende Arbeit. Dann kommen noch die Festvorbereitungen. Bis so ein Weihnachtsbäumchen glänzt, bis der Braten duftet, bis der weihnachtliche Dekoklimbim verteilt ist, dauert es ein mittleres Weilchen. Die deutsche Wirtschaft boomt indessen. Die Wirtschaftsbosse sind zufrieden, nörgeln nur der Form halber und aus Gewohnheit. Strahlende Gesichter auf der ganzen Linie sind der Lohn. Fix und fertig, die Vorweihnachtszeit ist die anstrengendste Jahreszeit, sitzen wir dann gemeinsam, verstohlen gähnend unterm Weihnachtsbaum. Natürlich ohne die verfressenen Wirtschaftsbosse, diese Fettsäcke, aber mit unseren Lieben! Wie ein Leuchtturm markiert der Baum die Position auf der Insel des Lebens mitten im weiten, rauen Meer des Universums. Ist das romantisch! Und die lieben kleinen und großen Kinderlein, die ganze Familie strahlt wie der Weihnachtsstern am Himmel.

Mutters Kartoffelsalat, die leckeren Würstchen mit viel Senf sind der kulinarische Auftakt der Schlemmertage. Man muss klein anfangen, um groß aufhören zu können. Wer denkt jetzt ans Aufhören!

* * *

Oh, Gott! Wie sieht der denn jetzt aus, unser geliebter Weihnachtskalender. Es waren gerade einmal vier Wochen Adventszeit. Und nun ist er in einem völlig desolaten Zustand. So ein Adventskalender hat es schwer. Es ist immer dasselbe! Vorsorglich wollten wir ihn für die nächste Saison recyceln. Wir könnten ihn allerdings auch in der großen Bucht verhökern.

Wenn wir einen überlagerten Schokoladenosterhasen von 1998 dazulegen, ist der halbe Einkaufspreis vielleicht wieder drin. Oder wir warten noch zwanzig Jahre mit dem Versteigern. Dann geht er als antik zum doppelten Preis weg. Doch, wie der jetzt aussieht ...

Frohes Fest!

Der kleine Junge

Die Ewigkeit bis zur Bescherung

Es war zu einer Zeit, die lange vorbei ist. Und er war damals ein kleiner Junge, ein richtig süßes Kerlchen. Es war einmal, so, wie es hier berichtet wird!

Der kleine Junge besuchte Tag für Tag seinen Kindergarten. Er ging gerne dorthin. Vater brachte ihn bis an die große Kreuzung, den Rest des Weges lief er alleine, der große, kleine Junge! Der Kindergarten war in einem riesigen gelben Haus untergebracht, in einer alten Villa. Das Gebäude war gar nicht so groß, aber dem kleinen Jungen erschien es gigantisch.

Hinter dem Kindergarten befand sich ein toller Spielplatz, umgeben von einer großen, eingezäunten Wiese. Die Kinder tobten hier herum, sooft es das Wetter zuließ.

Mittags kamen die Kinder aus der nahegelegenen Grundschule vorbei. Die riefen dann über den Zaun:

„Kindergarten – Schweinebraten, hat die ganze Welt verraten!"

Das konnten die Kindergartenkinder natürlich nicht unbeantwortet lassen. Sie rannten schnurstracks an den Zaun und schrien nach draußen:

„Erste Klasse – Nuckelflasche!
Zweite Klasse – Untertasse!
Dritte Klasse – Luftballon!
Vierte Klasse – fliegt davon!"

Mit diesem langen Spruch war ihnen der Sieg nicht zu nehmen, das war klar. Die Erzieherinnen hatten mächtig zu tun, ihre Zöglinge zu bändigen. Die waren aufgeregt, wie tausend Flöhe im Hundezwinger.

Häufig gingen sie auch spazieren. Der Weg verlief über die Schleuse an dem breiten Kanal entlang. Der kleine Junge fürchtete immer, hineinzufallen. Die Kindergärtnerinnen passten natürlich gut auf und führten die Gruppe nur auf völlig gefahrlosen Wegen.

Der kleine Junge hatte eine große Leidenschaft. Er spielte für sein Leben gern. Dabei war es ihm egal, ob er im Zimmer auf dem Teppich die Bausteine ausbreitete, ob er in der Sandkiste Kuchen buk, Sandburgen baute oder auf dem Klettergerüst herumturnte. Hauptsache, er konnte spielen und am allerliebsten spielte er zusammen mit anderen Kindern. Natürlich hatte er schon damals eine Freundin. Iris hieß sie und hatte viele kleine, braune Locken. Mit der spielte er besonders gerne und oft. Die beiden verstanden sich hervorragend, saßen sogar am Mittagstisch nebeneinander.

Wurde irgendwo etwas Neues gebaut, ein großes Haus beispielsweise, dann schaute der kleine Junge gerne zu, wie die Bauarbeiter mit ihren mächtigen Maschinen nach und nach ein riesiges Bauwerk schufen. Er freute sich, wenn ein hoher Kran die Mauersteine, die Säcke mit dem Zement vom großen Lastauto ablud und hoch auf die zweite oder dritte Etage zu den Arbeitern hob. Im Kindergarten sangen die Kinder oft das Lied „Wer will fleißige Bauarbeiter sehen, …" Das war das Lieblingslied des kleinen Jungen.

Zwei Dinge konnte der kleine Junge absolut nicht leiden. Das eine war die Milch, die in den Kaffee, in den Muckefuck, wie er auch genannt wurde, geschüttet wurde. Selbst als erwachsener Mann, mochte er sie nie. Einzig und allein in Pudding und Milchreis mit Zucker und Zimt ließ er Milch zu. Später schmeckte ihm auch Käse. Allerdings gehört „Handkäs mit Musik", wie er in Hessen gerne serviert wird, also echter

Stinkerkäse, nicht dazu. Das andere, was er partout nicht mochte, war der völlig unnütze Mittagsschlaf. Wozu soll der denn gut sein? Stattdessen könnte man so schön spielen! Aber nein, nach dem Mittagessen mussten alle Kinder diese laweden Klappbetten aufstellen, Decken und Kissen drauflegen und schlafen. Zwar schlief er immer schnell ein, gefallen hat ihm das nie. Der Samstag war sein Lieblingstag. Da brauchte er keinen Mittagsschlaf zu machen. Er wurde vom Papa schon am Mittag aus dem Kindergarten abgeholt. Ein Mittagsschlaf lohnte sich nicht. Mutter kochte fix eine Suppe. Samstag war Suppentag, genau wie montags und an manch anderen Tagen. Der kleine Junge mochte Suppen, am liebsten solche mit Möhren oder Bohnen. Ja, zu dieser fernen Zeit mussten die Menschen am Samstag bis mittags arbeiten. Die Fünftagewoche war längst noch nicht erfunden worden.

Wenn es kühler, die Tage kürzer wurden, wenn Stürme über das Land zogen, die Bäume ihre bunten Blätter fallen ließen, dann freuten sich alle Menschen auf das Weihnachtsfest. Das ist heute nicht anders.

„Was wünscht du dir denn vom Weihnachtsmann?", wurde der kleine Junge eines Tages von der Mama gefragt.

„Na, ein Kranauto, eines mit einem großen Haken, zum was dranhängen!", kam seine Antwort postwendend und wie aus der Pistole geschossen. Da brauchte er nicht ewig zu überlegen. Es gab nur ein Problem, eines das die lieben Eltern zusammen mit dem Weihnachtsmann unbedingt lösen mussten. Damals waren in diesem Land die Kranautos ziemlich knapp.

Die Weihnachtszeit ist so unendlich lang. Weihnachten will und will sich einfach nicht nähern. Es sind noch so viele Tage, bis der Weihnachtsmann kommt. Für einen kleinen Jungen ist diese Warterei fast unerträglich. Wenigstens hat der Nikolaus schon ein paar Süßigkeiten in seine gefütterten Winterstiefel gelegt. Am Vorabend hatte er die Stiefelchen zusammen mit dem Papa auf Hochglanz gewienert.

Und der Nikolaustag war einer der ganz wenigen, an dem ihm das Aufstehen am frühen Morgen überhaupt nicht schwerfiel. Aufgeregt flitzte er los, nachzuschauen, ob ihm der Nikolaus etwas Leckeres gebracht hatte. Richtig schimpfen konnte die Mama in diesem Moment nicht, obwohl er natürlich seine gefütterten Hausschuhe neben dem Bettchen stehen ließ und barfuß durch die kalten Zimmer platschte. Zentralheizungen, die automatisch früh um halb sechs beginnen, die Wohnung zu heizen, gab es noch nicht. Der Kachelofen war über Nacht längst ausgekühlt und wurde erst abends, wenn der Papa von der Arbeit nach Hause kam, angeheizt. Dazu musste die Asche vom Vortag herausgenommen, Zeitungspapier, Holzscheite und Briketts gestapelt werden und, der kleine Junge trat sicherheitshalber zwei Schritte zurück, dann wurde das Papier entzündet. So war das damals. Wenn der Papa die beiden schweren Eimer mit den Kohlen und dem Holz aus dem Keller hochholte, saß der kleine Junge immer oben drauf auf Papas Schultern. Der kleine Junge half seinen Eltern gerne bei der Arbeit.

Im Kindergarten wurde das Weihnachtsfest generalstabmäßig vorbereitet. Tagelang wurde das ganze Haus geschmückt. Die Kindergärtnerin zündete morgens an ihrem Platz zwischen den Kindern eine Kerze an. Viele Stunden lang wurde gebastelt und gemalt. Dazu sangen die Kinder ihre Liedchen. Zum Spielen im Garten war das Wetter zu schlecht. Ab und zu gingen sie noch spazieren. Das Anziehen dauerte jedes

Mal eine halbe Ewigkeit. Bis sämtliche Kinder die dicken Anoraks, die gefütterten Stiefelchen, Schals, Mützen und Handschuhe angezogen hatten, verging immer eine ganze Weile. Und wenn sie zurückkamen, drängelten sie sich alle an den warmen Ofen.

In der Vorweihnachtszeit wurde viel gesungen. Jede Woche lernten die Kinder ein neues Winter- oder Weihnachtslied. Ab und zu sagten sie Gedichte auf oder sie schauten sich Bilder an. Die Weihnachtszeit ist die Zeit der Geschichten und Märchen. Mucksmäuschenstill war es im Gruppenraum, wenn die Erzieherin das Märchenbuch aus dem großen Schrank holte. Auch zu Hause, vor dem Zubettgehen oder am Sonntag, wenn der kleine Junge seine Großeltern besuchte, standen Märchen ganz hoch im Kurs.

Im Kinderzimmer dieses kleinen Jungen hing natürlich ein Weihnachtskalender. Jeden Morgen schob er den Stuhl vom Tisch an die Wand, kletterte drauf und öffnete ein Fenster. Bis zur Vierundzwanzig zählen, konnte er längst, ab der Fünfundzwanzig gab es dann Probleme. So ist er heute noch, die wichtigen Dinge des Lebens sind Kleinigkeiten für ihn. Und wenn er nicht genau wusste, wie die Zahl des nächsten Tages geschrieben wird, erkundigte er sich am Abend vorher beim Papa. Ein echt pfiffiges Kerlchen war das! Das hat sich bis heute zum Glück nicht verwachsen. Er war mächtig gespannt, was es hinter dem Türchen des Weihnachtskalenders gab. Nein, ein Stückchen Schokolade, ein Bonbon oder ein Pfefferminztaler war dort nie zu finden. Das wurde erst später in die Weihnachtskalender hinein erfunden. Ein briefmarkengroßes Bildchen kam jeden Tag zum Vorschein! Was würden die Kinder heute dazu sagen?

Dann kam er, der vierte Advent. Die Spannung stieg ins Unendliche. Aber noch musste sich der kleine Junge in Ausdauer üben. Welcher kleine Junge hat schon Geduld? Nicht einmal die kleinen Mädchen haben genügend davon, wenn sich die Zeit bis zum Weihnachtsfest ewig in die Länge zieht, wie das Band bei der Gummihopse.

Der Tag war ein guter Anlass für Mama und Papa, den kleinen Jungen zu erinnern, dass der Weihnachtsmann von den Kindern gerne ein Liedchen oder ein Weihnachtsgedicht hört. Das würde ihn gnädig stimmen, die Rute stecken zu lassen und veranlassen, tief in seinem Sack nach einem Geschenk zu suchen.

Kleine Jungs sind pfiffig! Und dieser kleine Junge war schon damals seiner Zeit voraus. Ob das mit dem Weihnachtsmann stimmt oder eher eine Erfindung der Großen ist, da war er sich nicht sicher. Schließlich hatte er neulich auf dem Weihnachtsmarkt mal einen gesehen. Aber der im Kindergarten, das war der verkleidete Hausmeister. Das steht fest! Der hat nämlich gleich die lose Birne in der Deckenlampe festgeschraubt und, weil er sich so strecken musste, sah der kleine Junge diese Hose, die nur der Hausmeister anhat. Alles Lug und Betrug! Doch wenn Geschenke dabei rumkommen, … Außerdem: Dass der echte Weihnachtsmann mitbekommen haben könnte, dass er neulich der Kindergartenerzieherin die Zunge herausgesteckt hatte, kann gar nicht sein. Selbst die Kindergartentante hat das nicht gesehen. Sie hatte sich, nachdem sie wegen seiner Bummelei beim Händewaschen mit ihm geschimpft hatte, längst umgedreht.

Trotzdem musste er sich auf eine Gesangseinlage beim Weihnachtsfest vorbereiten. Sicherheitshalber übte er sein Gedicht noch einmal. Sicher ist sicher.

Ein paar Tage vor Weihnachten fand eine Weihnachtsfeier statt. Die Kinder aller Kollegen vom Papa waren eingeladen. Ganz vorne stand ein Weihnachtsbaum. Der war aber nicht echt. Da klemmten elektrische Lampen dran! Die Tische waren festlich gedeckt, Pfefferkuchen, ein Apfel und sogar eine Apfelsine lagen neben einer Tafel Schokolade am Platz eines jeden Kindes. Und dann kam er, der Weihnachtsmann - höchstpersönlich. Ein ordentliches Geplärre ging los. Etliche Kinder hatten große Angst, als sie die Rute des Weihnachtsmannes sahen. Der kleine Junge, von dem in dieser Geschichte die Rede ist, erschrak natürlich erst einmal. Doch sogleich dachte er:

„Wenn der mit seiner Rute zu mir kommt, dann renne ich einfach weg. Der fängt mich mit den schweren Filzstiefeln garantiert nicht ein!" Aber der Weihnachtsmann dachte gar nicht daran, die Rute zu benutzen. Er fragte die Kinder:

„Wart ihr alle brav?" Welches Kind würde auf diese Frage mit „Nein" antworten? Das muss erst noch geboren werden. Und sodann meinte er strahlend:

„Dann kann ich meine Rute ja wegwerfen!" Die Gefahr für den Hosenboden war gebannt. Stattdessen bekam jedes Kind aus seinem großen Jutesack ein kleines Geschenk, natürlich nicht ohne Gegenleistung: Es musste ein Lied singen oder ein Gedicht aufsagen.

„Lieber guter Weihnachtsmann, schau mich nicht so böse an, stecke deine Rute ein, ich will auch immer artig sein", ging nur in Ausnahmefällen durch. Der kleine Junge hatte natürlich ein Gedicht von ganz anderem Kaliber auf Lager. Schließlich ging er ja längst in die mittlere Gruppe des Kindergartens.

Dann kam er, der große, heilige Tag. Endlich hat die Warterei ein Ende! Ein Ende - nein, dieses elende

Warten geht schon am frühen Morgen weiter. Wieso hat man den Heiligen Abend erfunden? Wenigstens ein Heiliger Mittag hätte es doch sein können, besser noch ein Heiliger Morgen. Nein! Es musste unbedingt ein Heiliger Abend werden. Darf man kleine Jungs überhaupt so quälen? Das Schlimmste, das Allerschlimmste an diesem Tag war der Mittagsschlaf.

„Leg Dich ein Stündchen hin!", sagte die Mama nach dem Mittagessen, „Dann vergeht die Zeit schneller." Wie soll der kleine Junge an solch einem Tag mittags schlafen können? Volle drei Minuten und elf Sekunden benötigte er, bis ihm die Äuglein zufielen.

Und dann? Dann gibt es Kaffee und Kuchen.

„Auch das noch!", stöhnt der kleine Mann. Trotzdem beeilte er sich mächtig, sein Stückchen Stollen zu verputzen, den Kakao hinterzukippen. Nur keine Zeit und keinen Kakao verplempern! Gleich kommt er, der Weihnachtsmann!

Der Weihnachtsbaum steht längst. Vater hat ihn am Vorabend aufgestellt und geschmückt. Der kleine Junge hat geholfen, hat Vater die Lamettafäden gereicht. Die wurden nach dem letzten Weihnachtsfest ordentlich sortiert und in der großen Kiste im Keller aufgehoben.

„Oh Gott, nimmt das gar kein Ende? Wozu benötigt der Weihnachtsbaum so viel Lametta?", stöhnte der kleine Junge mindestens zwanzigmal. Aber was sein muss, das muss sein. Das brauchte Vater nicht erklären. Sohnemann hatte ein klares Ziel: Lieb sein, damit der Weihnachtsmann seinen Wunsch - ein Kranauto - erfüllt. Zur Belohnung ging es zwischendurch in die Küche, wo die Mutter kochte und buk. Der Kuchen musste gekostet werden. Und eine Qualitätskontrolle schadet einer Ente in keiner Weise. In späteren Jahren waren nach der obligatorischen Verkostung des Wasservogels nur noch Knochen und deren Innenleben, ein dicker Klops Gehacktes gefüllt mit zwei Äpfeln übrig. Das gab es dann am Heiligen Abend zu Mittag. Anschließend wurde eine Gans in die Röhre geschoben. So ein Weihnachtsfest ist lang.

„Geh mal in dein Zimmer und übe das Weihnachtslied und dein Gedicht noch einmal", sagte die Mutter, „Und zieh dir bitte die neue Hose und das Hemd an, damit du schick aussiehst, wenn der Weihnachtsmann kommt!" Stress pur! Der kleine Junge ahnt, dass es nun ernst wird. Er spürt, wie sein kleines Herz zu pochen beginnt. Am liebsten würde er sich verstecken - aber das Kranauto! Und wieso soll er sich jetzt umziehen? Das ist doch völliger Quatsch!

„Oh je! Wie ging das Gedicht los?" Er hat vor Aufregung glatt die erste Zeile vergessen. Alarm! Das Kranauto gerät in Gefahr! Heute würde er sagen:

„Stau auf der A7 …!"

* * *

Plötzlich steht die Mutter in seinem Zimmer. Sie steckt das Hemd noch etwas ordentlicher in seine Hose. Sie muss ihn nicht ermahnen. Die warmen Hausschuhe stecken augenblicklich an den Füßchen. Er ist ja so aufgeregt.

„Er war gerade eben da", sagt sie.

„Ist er schon wieder weg? Und die Geschenke?"

„Ein paar hat er dagelassen. Aber er hatte wirklich keine Zeit. Die anderen Kinder warten ja auch noch." Das ist ein Argument, welches der kleine Junge versteht. Er wittert Morgenluft.

„Wenn der Weihnachtsmann wieder weg ist, dann brauche ich ja nicht zu singen!"

„Doch, doch. Er hat extra gesagt, dass du dein Geschenk nur bekommst, wenn du ein hübsches Weihnachtslied vorsingst und dein Gedicht aufsagst."

„Mist!" Das denkt er natürlich nur ganz leise in seinem kleinen Kopf.

Mama und Papa führen den kleinen Jungen in die Wohnstube. Oh, wie es hier aussieht. Die Gardine ist zugezogen. Am Weihnachtsbaum brennen viele Kerzen. Vater hat ständig einen Blick darauf, damit ja nichts anbrennt. Auf dem Tisch leuchten die vier dicken Stumpen des Adventskranzes.

„Was ist das? Ein Luftroller lehnt am Schrank. Und wo ist das Kranauto?", wundert sich der kleine Junge. Doch dann entdeckt er unter dem Weihnachtsbaum noch etliche buntverpackte Pakete und einen riesengroßen Bunten Teller mit ganz vielen Naschereien. Er schöpft Hoffnung.

Artig singt er das Lied. Auch die erste Zeile des Weihnachtsgedichts fällt ihm wieder ein. Zwischendurch schielt er zu den Weihnachtspäckchen rüber. Ob in einem sein Kranauto drin ist? Die glücklichen Augen der Eltern nimmt er nicht war. Selbst für die kleine Träne von Mama hat er keinen Blick.

Als der kleine Junge mit seinem Kulturbeitrag fertig ist, applaudieren die Eltern. Mutter und Vater nehmen ihn nacheinander in den Arm, drücken ihn ganz doll und einen fetten Kuss auf die Wange:

„Frohe Weihnachten!"

Vater zeigt auf ein großes Paket.

„Das ist für dich, vom Weihnachtsmann!" Schnell nimmt es der kleine Junge an sich. Der Papa hilft beim Aufknoten des Geschenkbandes.

„Das Ding ist aber auch fest zugeknotet!", beschwert er sich. Band und Weihnachtspapier werden nach den Feiertagen gebügelt, ordentlich aufgewickelt oder gefaltet und fürs nächste Fest aufgehoben.

Das ist der feierliche Moment. Doch er hat überhaupt nichts Feierliches. Es ist eher so etwas wie erwartungsvolle Routine, obwohl von Routine natürlich keine Rede sein kann. Die bunte Abbildung auf der Schachtel ist vielversprechend. Ruckzuck wird die Pappschachtel geöffnet und ein hölzernes Kranauto nebst zwei Hängern rollt auf den Teppich.

Zwei Kinderaugen strahlen! Vier Elternaugen strahlen. Schon sind die Hänger an das Auto angekoppelt. Schon düst der Transport gen Kinderzimmer, um eine Ladung Bauklötze aus der großen Spielzeugkiste aufzuladen. Die kleinen Finger wickeln die Schnur um einen Bauklotz. Sie haken den Kranhaken ein und dann leiert er mit einer Kurbel das Kranseil auf. Die Last schwebt hoch in der Luft, bevor sie auf dem Anhänger abgeladen wird. Die Strecke zwischen dem Wohnzimmer über den Korridor bis zur Kiste im Kinderzimmer des kleinen Jungen ist an diesem Abend eine viel befahrene Autobahn.

„Schau mal!", sagt Mutter, „Da steht ja noch ein Geschenk vom Weihnachtsmann." Sie zeigt auf den Luftroller. Mit Kennerblick schaut der kleine Junge auf dieses Ding und fasst mit seinen kleinen Fingerchen prüfend an das Vorderrad. Das heißt so viel wie:

„Ohne Beanstandungen." Doch jetzt hat er keine Zeit. Die nächste Fuhre Bauklötze ist längst abfahrbereit.

Zwischendurch pustet der Vater die Kerzen am Weihnachtsbaum aus. Mehr als eine Dreiviertelstunde schaffen die nicht. Morgen kommen die Großeltern des kleinen Jungen zu Besuch. Dann wird eine neue Garnitur aufgesteckt.

„Geh dir bitte die Hände waschen, es gibt Abendbrot."

„Keine Zeit, ich muss arbeiten!", entgegnet er und lässt sich nicht weiter stören. Na gut, wenn er noch nicht Feierabend hat, dann muss er eben weiterarbeiten. Ab und zu wird er an den Abendbrottisch gelotst und bekommt ein Stück von der Wiener in den Mund geschoben. Ein Stückchen mit ganz viel Senf, der kleine Junge liebt scharfen Senf. Wer so hart arbeitet wie er, der kann zwischendurch auch gut essen.

Tage später, als der kleine Junge wieder in den Kindergarten fährt, parkt das Kranauto in seinem Kinderzimmer. Ja, er fährt jetzt in den Kindergarten. Heute würde man das „Technischen Fortschritt" nennen. Er steht auf dem Roller und Vater schiebt. Nur den letzten Teil des Weges rollert er allein. Da geht es bergab und er ist ja schon so groß, ist Kranautofahrer, der kleine Junge. Und natürlich ist seine Freundin Iris die Erste, der er von seinem Kranauto berichtet. Iris hat ihr neues Märchenbuch mitgebracht, aus der die Kindergärtnerin gleich mal eine Geschichte vorlesen kann.

Doch erst einmal endet dieser schöne Weihnachtsabend. Irgendwann, nicht so zeitig wie sonst, ist der anstrengende Arbeitstag des kleinen Jungen zu Ende. Total erschöpft und glücklich liegt er schließlich in seinem Bett. Eine knappe Millisekunde später schläft er auch schon.

Ratet mal, wovon der kleine Junge geträumt hat!

Der Fall "Orchidee"

In der Weihnachtszeit

Es war einmal ein alter Mann. Er war ungefähr tausend Jahre alt. Oder sind es inzwischen zweitausend Jahre? Schon vor Jahrhunderten hat er die Übersicht verloren. Kommt es bei diesem Alter auf das eine oder andere Jahr, Jahrzehnt oder Jahrhundert noch an? Jedenfalls ist er uralt und das sieht man ihm auch an.

Nein, ein künstliches Hüftgelenk braucht er nicht, obwohl er sein Leben lang immer schwer geschuftet hat. Keinen einzigen Tag nahm er Urlaub. Nach Malle fliegen, im Strandkorb das Handtuch parken, nachmittags die Beine ausstrecken? Das kam für ihn nie infrage. Fliegen schon, das beherrscht er. Er sagt nur „Hüh" und ab geht die Post mit seinem Rentierschlitten. Ansonsten flog damals lediglich die Magd vom Bauern Knesebrüll auf die Fresse. Auf der Flucht vor dem Bauern war sie in der Kuhschiete ausgerutscht. Das war genau in dem Moment als die Bäuerin die Suppenkelle schwingend, schreiend aus der Küche kommend über den Bauernhof rannte und diesem Kerl, dem Bauern, eine drüberziehen wollte.

Der alte Herr, der Tausendjährige, hat langes, weißes Haar, einen Rauschebart, da wird mancher neidisch. Kleidungstechnisch ist er eher konservativ. Seit Jahrhunderten trägt er dieselben Stiefel, wechselt nur alle zehn Jahre brav die Einlegesohlen. Immer denselben roten Mantel, dieselbe rote Mütze, so kennt man ihn. Lediglich die Brille passt er alle fünfundfünfzig Jahre dem Modetrend an. Fast jährlich benötigt er neue Fellhandschuhe. Es ist das Alter, er ist schon ein wenig vergesslich. Das verzeiht man ihm gerne. Wenn er nur ab und zu seine Handschuhe verbummelt, wenn diese Vergesslichkeit nicht schlimmer wird, können wir beruhigt sein.

Eines ist ihm schnurzpiepegal. Das ist sein Name. Manche nennen ihn Klaus, Nikolaus oder Väterchen Frost, andere sagen Weihnachtsmann zu ihm. Selbst wenn sie ihn Christkind rufen, ist er stolz darauf. Ein alter Herr, der noch als Kind durchgeht, das ist etwas Besonderes. Nur „Schornsteinkriecher" kann er nicht leiden. Auch, wenn ein Kindlein denkt, das Christkind müsse ein Mädchen sein, nimmt er das gelassen.

„Du heiliger Bimbam! Jetzt bin ich ein Mädel!", stöhnt er mit einem Lachen im rotbäckigen Gesicht.

Niemand hat ihn bisher gesehen. Wenn er kommt, erscheint er genauso schnell, wie er wieder weg ist. Sonst schafft er die viele Arbeit nicht. Seine Tour ist lang, viel länger als die ganze Jahresstrecke eines DHL-Piloten heutzutage. Zum Glück gibt es weltweit tausende Imitatoren, die sich verkleiden wie ein Weihnachtsmann und ihren Spaß damit haben. Schon so manches Mal kamen ihm vor Lachen die Tränen.

„Die stellen sich mal wieder richtig komisch an!"

Er hat viel zu tun. Er muss die Rentiere pflegen, er muss den Weihnachtsmannschlitten putzen, den Jutesack für die Geschenke flicken, seine Weihnachtswichtel antreiben, damit sie genügend Weihnachtsgeschenke fertigen. Er ist ein strenger Chef, aber ein Herzensguter. Wenn einer der Wichtel ein Problem hat, gar heulend zu ihm kommt, hört er sich alle Sorgen geduldig an. Er streicht dem Wichtel mit seiner alten, knochigen Hand liebevoll über den Kopf und sagt in väterlichem Ton, keinen Widerspruch duldend:

„Reiß dich zusammen! So schlimm ist das nicht. Mach dich wieder an die Arbeit!" So kennt das jeder aus der Schule und dem Betrieb. Selbst der dickste Chef kriegt Pusteln am Po, wenn er an den Aufsichtsratsvorsitzenden denkt. Und dieser wiederum geht mit Schrecken in die jährliche Hauptversammlung, fürchtend, die Aktionäre würden ihn verdreschen. Er weiß, dass sie im Recht wären. Zum Glück ahnen die nicht, was er alles angestellt hat, sagen:

„Ja und Amen, weiter so, heul nicht rum, die Krise geht vorüber, streng dich gefälligst an, denk an unsere Dividende!" Wenn es gar nicht mehr geht, schicken die ihn mit einer klitzekleinen Abfindung in den wohlverdienten Ruhestand und wählen einen neuen Vorstand. Das ist wie bei den Fußballtrainern.

* * *

Vor wenigen Tagen war der alte Herr im Wald. Er suchte eine neue Rute. Die alte, die vom letzten Jahr, ist inzwischen eingetrocknet, nicht mehr so flexibel. Sie sieht nicht mehr chic aus. Zwar fragt er sich seit Jahren, wozu er die immer mitschleppt. Er kann sich kaum erinnern, die jemals benutzt zu haben. Doch - vor etlichen Jahren, da brauchte er die mal. Der kleine Fritz aus Posemuckel oder Buxtehude, nein, es war wohl in, … - ach, egal, es ist lange her. Jedenfalls bekam der kleine Fritz zum neunten Geburtstag einen Flitzebogen geschenkt. Der kleine Fritz war mächtig glücklich über den Flitzebogen. Im Laufe der Zeit wurde er zu einem perfekten Schützen. Einmal zielte er sogar auf nachbars Kater. Doch erstens war der zu schnell weg, weil eine fette Maus über den Hof lief. Und zweitens kamen ihm im letzten Moment Zweifel, ob seine geplante Tat rechtens wäre.

Ein paar Tage später kam Onkel Ludwig zu Besuch. Der war von Fritzchens Flitzebogen total begeistert, hatte er sich als kleiner Junge solch ein Gerät sehnsüchtig, aber erfolglos gewünscht. Der Weihnachtsmann war dazumal sicher, dass Ludwig hierfür die nötige Reife fehlte. Der hatte doch mehrfach mit seinem selbstgebauten Katapult den Hund vom Nachbarn traktiert und zur Belohnung eine zerrissene Hose nebst einer Tracht Prügel vom Vater davongetragen. Die Müdigkeit des Tieres war vorgetäuscht. Erschrocken enterte Ludwig einen Kastanienbaum und kam erst und mit zerrissener Hose herunter, als der Nachbar den mächtig und böse knurrenden Hund an die Kette gelegt hatte. Jedenfalls hat Ludwig Fritzens Flitzebogen nur ausprobieren wollen. Der Schuss war ein Volltreffer. Nur, wo er gelandet ist, war nicht festzustellen. Der einzige Pfeil war fort, fort für immer. Da hat der alte Herr mit seiner Rute ausgeholfen. Benutzen musste er die nicht, Fritz war ein artiger Junge. Ludwigs Tat, der Steinschuss auf den Hund, war gesühnt und verjährt. Der Ludwig zur Last zu legende Schuss mit dem Flitzebogen hat keinen Schaden verursacht. Ob der Weihnachtsmann seine Hand im Spiel und den Pfeil in Sicherheit gebracht hatte? Jedenfalls fand Fritzchen die Rute vom Weihnachtsmann zufällig. Onkel war Ludwig gerade abgereist. Von da an diente die Weihnachtsmannrute dem Jungen als Munition für sein Spielzeug.

Nun lief der Alte durch den Wald und suchte eine neue Weihnachtsmannrute. Schließlich sah er an einer Weide ein wunderbar gerade gewachsenes Ästlein und schnitt es ab, bevor er sich auf den langen Heimweg quer durch den herbstlichen Forst machte. Er war zufrieden, endlich wieder eine ordentliche, vorzeigbare Weihnachtsmannrute zu haben.

* * *

Manche Dinge auf dieser Welt passen nicht in den Schädel eines alten Herrn hinein. So etwas gab es noch nie. Der Weihnachtsmann ist ratlos, so ratlos, wie seit etlichen hundert Jahren nicht mehr. Was kann man da tun? Die Polizei rufen? Welche Polizei? Im Weihnachtsland gibt es keine Polizei. Die wurde vor genau eintausendeinhundertundelf Jahren abgeschafft. Die beiden Polizisten langweilten sich so, dass sie nur Blödsinn machten. Der Höhepunkt war, dass sie in der Weihnachtsbäckerei Zucker und Salz vertauschten!

Doch nun ist guter Rat teuer. Die Rute, die Weihnachtsmannrute ist weg. Einfach weg, wie vom Erdboden verschluckt. Dabei war es die niegelnagelneue Weihnachtsmannrute, unbenutzt wie alle Ruten der letzten tausend Jahre, nur frisch eben.

Natürlich könnte der Weihnachtsmann noch einmal in den Wald rennen, eine neue Rute besorgen. Aber davon wird diese Freveltat nicht aufgeklärt. Wer hat hier im Weihnachtsland ein Interesse daran, ihm, dem Weihnachtsmann, die neue Weihnachtsrute zu stehlen? Oder hat er sie verbummelt? Hat er sie irgendwo hingelegt und erinnert sich nicht mehr? Ist er für diesen Job zu alt? Doch wer könnte ihn übernehmen? Sein Stellvertreter, welcher Stellvertreter? Er hat keinen Vertreter. Er muss jedes Jahr aufs Neue los, den ganzen Weihnachtszirkus organisieren, die vielen Weihnachtsgeschenke an den Mann, die Frau und vor allem an die braven Kinder bringen. Da ist niemand, der diese Aufgabe übernehmen könnte.

Wenn er nun ohne Weihnachtsmannrute ankommt, am Heiligen Abend? Nein! Das geht nicht. Da kommt er sich irgendwie nackig vor. Ein nackiger Weihnachtsmann, den nimmt doch keiner ernst! Da lachen alle! Es gibt sowieso nicht mehr viele Leute, die ihn ernst nehmen. Mit Müh und Not gelingt es ihm, sich bei den Kindern Autorität zu verschaffen. Kaum sind die Zehn, beginnen die über ihn zu lästern, mit Elf sagen sie knallhart

„Den gibt es nicht!" Allerdings hegen sie Zweifel und im Geheimen denken sie doch, dass er echt ist. Na klar, ist er, der Weihnachtsmann, echt. Echter geht gar nicht! Allerdings spätestens mit dreizehn protzen die Jungs vor ihrer ersten Liebe, dass Erwachsene wie sie nicht an den Weihnachtsmann glauben.

„Erwachsene", sagen die, stecken mitten in der Pubertät, wissen gar nicht, was eine ordentliche Rute ist.

„Ob ich selbst schuld bin, dass keiner mehr an mich glaubt? Hätte ich meine Weihnachtsmannrute einmal jeden Kinderpopo spüren lassen sollen?" Dabei kann er das Schreien der Kinder nicht aushalten, das ist ihm zu laut, es zerrt an seinen Nerven. Er hält es rein psychologisch nicht aus. Der Psychologe ist aus dem Weihnachtsland ist ausgewandert. Dem war es zu langweilig. Nun hat der Weihnachtsmann den Salat.

„Wo ist meine Rute? Wer hat die geklaut?" Diese zwei Fragen beschäftigen den Weihnachtsmann seit Tagen, nun schon drei Wochen lang. Bald ist Weihnachten, bis dahin muss der Fall gelöst sein!

„Sonst … sonst verteile ich die Geschenke nackig!", befürchtet er. Richtig nackig natürlich nicht, nur eben mit ohne Weihnachtsmannrute, also weihnachtsmannmäßig nackig.

Sorgenfalten sind auf der Stirn zu sehen. Er kann sich nicht auf seine Arbeit konzentrieren. Ständig schaut er in alle Ecken, hofft, die vermisste Weihnachtsmannrute zu finden. Fehlanzeige auf der ganzen Linie. Morgen ist der Heilige Abend. Da muss er los mit Sack und Pack, mit dem Schlitten und den Rentieren davor, von Kind zu Kind, von Mann zu Frau.

„Na, dir geht es gut!", ruft er dem Putzwichtel Putzi zu, der sein Schlafgemach vom Staub der Zeit, der letzten drei bis sieben Tage befreit. Putzi schwingt den Staubwedel und trällert ein Weihnachtslied nach dem anderen, pfeift zwischendurch den neuesten Schlager, was hier im Weihnachtsmannland normalerweise nicht erlaubt ist. Der Weihnachtsmann will ihn gerade ermahnen, da fragt Putzi

„Sag mal, Weihnachtsmann, du schaust in letzter Zeit so traurig aus. Alle Wichtel, sogar die siebenunddreißig Rentiere im Rentierstall machen sich große Sorgen um Dich."

„Ach", sagt der Weihnachtsmann. „Stell dir vor …" Und dann beginnt er dem Putzwichtel Putzi die Geschichte von seiner fehlende, abhanden gekommenen, verlegten, verbummelten, geklauten Weihnachtsmannrute zu erzählen. Dabei wird er noch trauriger.

Putzi staunt, Putzi ist erschrocken, Putzi bekommt sogar so etwas wie ein schlechtes Gewissen. Er fasst den Weihnachtsmann an seine tausendjährige, knochige Weihnachtsmannhand und zieht ihn hinter sich her. Der Weihnachtsmann weiß nicht, was er davon halten soll. Am Fenster bleibt der Wichtel stehen. Draußen schneit es, siebenundsiebzig Arbeitswichtel schieben den Schnee vor den Rentierstall weg, damit der Weihnachtsmann morgen am Heiligen Abend zu seiner großen Fahrt ohne Verspätung starten kann.

Schließlich ist der Weihnachtsmann nicht die Deutsche Bahn. Und er wird ja auch sehnsüchtig erwartet, dort unten im Menschenland.

„Es schneit! Schön!", sagt der Weihnachtsmann.

„Schau mal!", entgegnet Weihnachtswichtel Putzi und zeigt auf den Blumentopf mit der rosaroten Orchidee, welche auf dem Fensterbrett steht und ihre Blüten wundervoll präsentiert. Der Weihnachtsmann schaut sie jeden Morgen an und freut sich.

„Ja, schön, wunderschön", sagt er.

„Schau genau!"

„Oh, da ist sie ja, meine Weihnachtsmannrute!", entgegnet der Weihnachtsmann glücklich.

„Weiß du, Weihnachtsmann", beginnt Putzi zu reden und er ist furchtbar verlegen, „Die Blume hatte so viele Knospen angesetzt, dass ich Angst hatte, der Blütenstiel würde brechen. Ich weiß ja, wie traurig du dann wärst. Da habe ich deine Weihnachtsmannrute als Stütze für den Blütentrieb benutzt. Du brauchst doch die Weihnachtsmannrute nicht, dachte ich."

„Das hast du gut gemacht!", lobt der Weihnachtsmann, „Ich benötige die Rute wirklich nicht. Die Kinder, Mütter, Väter, Onkel und Tanten, Omis und Opis, sogar die Regierung: Alle sind so brav. Und hier erfüllt meine Weihnachtsmannrute einen guten Zweck. Danke lieber Weihnachtswichtel Putzi!" Das mit der Regierung hat er natürlich nicht ernst gemeint. Aber er wollte dem kleinen Wichtel Putzi die Angst vor der großen Weltpolitik ein wenig nehmen.

Seit diesem Tag ist der Weihnachtsmann wieder ein fröhlicher Weihnachtsmann und kommt jedes Jahr ohne seine Weihnachtsmannrute zur Bescherung zu uns ins Menschenland.

3 Neustart

Das Leben ist eine Spirale. Alles wiederholt sich. Ist etwas vorbei, überstanden oder ausgestanden, sehen wir es in der Ferne erneut.

Wir kennen das, stöhnen erst einmal und denken „abwarten". Später lassen wir es auf uns zukommen und plötzlich ist es nah. Panik bricht aus, Hektik macht sich breit. Doch letztendlich ist alles gerichtet, wie immer und noch schöner als im letzten Jahr.

Silvester ist eine Herausforderung. Die unerwarteten Folgen begleiten uns lange. Nach den Festtagen kommt es zu einem planmäßigen Einbruch der Konjunktur. Die Börse reagiert empfindlich. Unsere guten Vorsätze werden das richten, alles ins rechte Lot bringen. Wir starten in jeder Beziehung kräftig durch. Jetzt haben wir endlich wieder Zeit für die Hobbys, selbst so verrückte, wie das Zählen von Primzahlen oder Züchten von Mathematikprofessoren.

Der Weihnachtsmann hat ein Problem. Er hat im Sommer viel Freizeit und kommt auf dumme Gedanken. Er sucht eine Frau. Ist das eine Dummheit? Jedenfalls ist das nicht einfach. Endlich, nach über tausend Jahren Singledasein soll eine Frau in seinem Leben treten. Ob das gelingt?

Zieleinlauf

Ende Dezember, ganz knapp vor Silvester

Es ist vollbracht. Weihnachten ist mal wieder Geschichte, ist passé. Da hilft kein Flennen, kein Lamentieren. Es ist aus und vorbei. Einen klitzekleinen Trost gibt es. Der Kalender verspricht im nächsten Jahr wieder ein Weihnachtsfest. Aber das ist noch weit entfernt. Wenigstens haben wir das große Fressen überlebt und nicht die fünf Kilo, wie bei der Füllung des Kühlschranks zu befürchten war, zugenommen. Wir konnten die Katastrophe mit einem knapp halbstündigen Winterspaziergang bei Vierkommasieben Kilogramm stoppen.

Nun heißt es Abschied nehmen. Das alte Jahr wird mit Pauken und Trompeten in die Wüste geschickt. Es muss weg. Das Verfallsdatum ist fast überschritten. Nicht einmal auf dem Grabbeltisch für den halben Preis wird es weggehen.

Die Trennung vom Weihnachtsbaum ist eine zwiespältige Sache. Wir erinnern uns gut an die Strapazen beim Aufstellen und Schmücken. Etliche Nadeln haben von sich aus bereits ade gesagt. Jetzt muss er also weg! Schade drum, in knapp einem Jahr könnten wir einen so wundervoll geschmückten Lichterbaum gebrauchen. Heute wird er abgeschmückt und in seine Einzelteile zerlegt. Die Guten kommen ins Kistchen, die Schlechten fliegen in den Restmüll. So ergeht es den Weihnachtsbaumkugeln und sonstigen Schmuckelementen. Irgendwie kommt uns das bekannt vor. War das bei „Hänsel und Gretel" oder „Rotkäppchen"? Nein! Das war bei „Wilhelm Tell", da sind wir uns sicher. Die madigen Birnen wurden auf dem Komposthaufen in der Ecke des Gartens entsorgt.

Zum Glück ist Lametta seit etlichen Jahren out. Wie erinnern uns gut an frühere Zeiten. Jeden einzelnen Lamettafaden befestigten wir liebevoll auf dem Baum, genau zwischen zwei ziemlich wackeligen Nadeln. Luft anhalten war eine reine Vorsichtsmaßnahme. Nach Weihnachten sammelten wir die Lamettafäden mit noch mehr Liebe wieder ein. Luftanhalten war jetzt Pflicht. Der kleinste Wackler und ein Rauschen im Blätterwald, besser gesagt im Nadelwald wäre die Folge gewesen. Das Lametta wurde der Länge nach sortiert, gebügelt und fürs nächste Fest eingelagert. Wenn ein Fädchen herunterfiel, gar in etliche Teile zerbarst, war der Familienfrieden in höchster Gefahr. Mit noch viel mehr Liebe denken wir heute daran, dass uns diese vor- und nachweihnachtliche Strapaze nicht mehr ereilen wird. Nur eines bereitet Sorgen. Bisher ist jede noch so verrückte Modeerscheinung wie ein Bumerang zurückgekehrt.

Die Äste des Weihnachtsbaums werden einige Wochen lang die Beete im Garten zieren, die winterschlafenden Pflanzen vor den gnadenlosen Tentakeln des eisigen Winters schützen. Winter, was ist denn das nun wieder? Das, was sich da draußen gerade abspielt, erinnert in keiner Weise an die kalte Jahreszeit. Im Frühling würden wir uns über solch ein Wetter freuen. Aber jetzt? Jetzt ist es einfach nur miese Witterung!

Was bleibt übrig vom Weihnachtsbaum? Nichts, außer dem Strunk. Da könnten glatt ein paar Tränen kullern. Wir sollten ihm, unserem geliebten Nadelbaum, ein fotografisches Denkmal setzen. Er hat es verdient, hat uns etliche Tage begleitet, das Zimmer nicht nur geschmückt, sondern mit seinem Strahlen unsere Herzen erwärmt und sogar den lieben Weihnachtsmann angelockt.

Was wird nun? Jetzt kommt er weg. Weg für immer und ewig. Sein Geist entfleucht in den siebenten Weihnachtsbaumhimmel. Der Stamm, die Äste sowie die Nadeln gehen in den Kreislauf der Natur ein. Vielleicht werden einige seiner Atome in ein paar Jahren wieder als Weihnachtsbaum in einem Wohnzimmer stehen und die Herzen der Menschen zum Leuchten bringen! Ist dies nicht eine wundervoll romantische, superkitschige Vorstellung?

So, jetzt wird es problematisch. Der Pullover von Tante Erna passt vorne und hinten nicht. Die Ärmel sind zu kurz und an der Bauchseite hat sie beim Stricken nicht bedacht, dass ein paar Kilo mehr unterzubringen sind. Außerdem: Wo ist überhaupt vorn an dem guten Stück? Das Einfachste wäre: Weg damit in den Sondermüll. Das geht nicht, denn Tante Erna ist manchmal so komisch. Und sie fuhr mit dem Versprechen heim, ihn bei ihrem nächsten Besuch vorgeführt zu bekommen. Vielleicht sieht sie dann ein, dass dieses Teil nicht passt und noch einmal aufgedröselt werden sollte. Doch wie wir unsere Erna kennen, wird sie behaupten, der Pullover wäre in der Kochwäsche gelandet und deshalb jetzt drei Nummern zu klein.

„Wie sagen wir es der Liselotte?" Lieselotte ist die Dirigentin vom Triangelorchester. Diese Frage bewegt uns seit Tagen. Extra aus Südamerika hat sie uns diese wundervolle, kitschig-abscheuliche Bodenvase, mindestens nachgemachtes elftes Jahrhundert mitgebracht. Und die kollidierte nun, natürlich aus purem Versehen, mit dem Staubsauger. Da war nichts zu machen, die ist in über tausend Scherben zersprungen und in die ewigen Jagdgründe allen Kitsches einge-

gangen. Lieselotte hat sich für überübermorgen zum
Kaffee angesagt. Bestimmt erwartet sie ein Gegenge-
schenk von uns. Das ist kein Problem. Der hässliche
Ölschinken, den Schrebergartennachbar Waldemar
kurz vor Weihnachten vorbeibrachte, sucht dringend
einen neuen Besitzer. Der sei aus dem siebzehnten
Jahrhundert, mindestens und garantiert ein echter van
Gogh oder Picasso, hat er gesagt. Er sieht fast wie
selbstgemalt aus, selbstgemalt nach dem siebenten
Doppelten.

Der Bluhrä-Spieler, den wir uns zu Weihnachten
geleistet haben, funktioniert auch nicht. Nicht einmal
die Stecker passen an den Fernseher. Aber das Gerät
ist doch noch fast neu. Der ist erst elf, nein siebzehn
Jahre alt, Baujahr Ende des letzten Jahrtausends - kein
Alter für solch ein Gerät. Die Pyramiden haben schon
tausende Jahre auf dem Buckel und sehen wie neu
aus, zumindest auf den einschlägigen Bildern.

Wenigstens leistet der neuartige Hometrainer gute
Dienste. Der steht jetzt im Bad und da kann man seine
Klamotten, bevor man in die Wanne steigt, so bequem
aufhängen. Neulich wurde der sogar schon einmal
benutzt. Kevin, der Sohn des Nachbarn, hat mal
draufgesessen und ist fünf Minuten geradelt. Fast
einen Kilometer ist er gefahren! Dann klemmte die
Bremse und er ist beinahe vornüber geflogen. Musste
der auch alle Knöpfe gleichzeitig drücken!

Morgen ist Silvester. Ein ordentlicher Vorrat an
Knallern, Böllern, Donnerschlägen und Raketen liegt
bereit. Ein Dutzend wetterfeste Großfeuerzeuge ist
startklar. Das Jahr kann würdig zu Ende gehen. Der
Kartoffelsalat ist längst fertig. Das ist eine Kleinig-
keit, Routine sozusagen. Da sind wir vom Heiligen
Abend noch in Übung. Nur etwas weniger Salz haben

104

wir drangeschüttet. Das war letztens zu viel des Guten. Sonst reichen die Getränke diesmal nicht.

Es gibt Traditionen, die sich bewährt haben. Eine davon ist, gemeinsam „Dinner for One" anzuschauen. Das ist inzwischen so langweilig, dass man nur noch lacht, weil man lachen muss. Wer nicht lacht, hat verloren. Wer will schon ein Loser sein?

Dann wird gespachtelt, bis der Kartoffelsalat alle ist. Dazu wird getrunken und diese spannende Musikshow im Fernsehen geguckt. Ausgerechnet Onkel Ludwig ist letztes Jahr dabei eingeschlafen. Das kann er sich bis heute nicht erklären. Alle hatten doch die Hits so laut mitgegrölt, dass die Polizei dreimal vergeblich an der Tür geklopft hat, sagte der Chef vom Überfallkommando später, als die Wohnung mit schwerem Gerät gestürmt worden war. Lange konnten die sich nicht mit dem Fall beschäftigen. Erstens gab es drei weitere Notrufe, einer klang nach Mord im Affekt bei einer Ehekrise und zweitens rannten plötzlich alle in Richtung Klo. Da saß Fred, der übergewichtige Bassmann vom Triangelorchester und blockierte das Örtchen bereits seit zwanzig Minuten. Als es nicht mehr auszuhalten war, klingelte die ganze Bagage bei den Nachbarn, wünschte „Prosit Neujahr" und bat um Asyl auf dem Klo. Der letztjährige Silvestersalat hatte wohl einen Stich.

Diesmal kann das nicht passieren, die Zutaten wurden vor Weihnachten frisch im Supermarkt gekauft.

Das neue Jahr muss ein Schaltjahr sein, ein ganz besonderes Schaltjahr. Als die beiden Uhren auf dem Bildschirm auf null Uhr, also auf das neue Jahr umsprangen, war die Jahreszahl doppelt zu sehen, alles war von nun an zweifach. Leben wir in einem doppelten Jahr, in zwei Jahren gleichzeitig, in zwei Jahren, die parallel ablaufen? Kreuzen sich zwei Paralleluniversen? Alles ist doppelt. Das ist bestimmt dieser berühmte Dopplereffekt. Selbst die Kopfschmerzen von Mechthild, der Nachbarin von unten drunter waren doppelt so schlimm, wie sonst immer. Die hatte nur mal geklingelt. Dann grölte sie „Prosit Neujahr" und warf eine Ladung Konfetti in die Bude. Natürlich wurde die auf ein Gläschen Sekt eingeladen, die ist doch so alleine. Schließlich entpuppten sich die Doppelkopfschmerzen mehr als ein mächtig verdorbener Bauch, der sich auf den Perser, einem Mitbringsel aus unserem letzten Urlaub in der Türkei, entlud. Vielleicht hätte sie die Matjes und roten Bete besser kauen sollen. In Verbindung mit Rotwein, Schampus und drei Packungen Salzstangen entwickelten die eine explosive Mischung.

Auch in diesem Jahr klingelte wieder die Polizei.

„Ist das Ihr Wagen, so ein blauer mit dem Kennzeichen XX-YY 987?", fragen die beiden Beamtinnen mit den blonden Pferdeschwänzen im Duett. Die zwei Kollegen schauten grinsend drein.

„Nicht direkt, das ist der Wagen von meiner Schwägerin Isolde, die ist im Urlaub. Der steht doch nicht etwa im Parkverbot?"

„Nein, der wird gerade wieder aufgerichtet. Eine Batterie Superböller unter dem Motorraum hat ihn umgehauen. Schauen sie morgen früh mal, ob noch ein Teil davon zu gebrauchen ist."

„Von den Böllern?"

„Vom Karren! Prosit Neujahr, wir müssen weiter, in der Schlossallee hängt ein Kater in einem Baukran. Den hatte einer an eine Silvesterrakete gebunden."

„Ein Kran an einer Rakete?"

„Ein Kater, ein echter Perser!"

106

„Ja, die Russen …, immer wieder die Russen. Oder die Amis, egal. Die schießen doch dauernd Raketen hoch."

Dann ruft Isolde aus Mexiko an. Die ist noch im alten Jahr. Isolde ist mit ihrem Gatten auf einem dieser Riesenkähne unterwegs. Geschlagene elf Minuten redet Isolde ununterbrochen. Sie ist von ihrer Reise einfach nur begeistert. Selbst der Orkan, bei dem sie erst über der Reling hing, die Fische fütterte und dann zwei Tage in der schmalen Koje verbrachte, war ein wundervolles Erlebnis.

„Das vergesse ich nie! Und viereinhalb Kilo habe ich über Weihnachten abgenommen!", schwärmt sie. Allerdings schwindet die Begeisterung schlagartig, als sie von dem Malheur mit ihrem Auto erfährt.

„Da hättet ihr Mal etwas besser aufgepasst. Sonst hätten wir die Kiste doch unbeobachtet bei uns vor dem Haus stehen lassen können."

„Na hör mal, wir sind echt froh, dass wir uns nicht den ganzen Abend hineingesetzt haben. Da wären wir jetzt schlimmer seekrank, als bei eurem Tornado! Und du weißt doch, dass ich immer meine Migräne bekomme, wenn der Kopf zu tief kommt."

„Aber unser Auto ist jetzt Schrott!"

„Der linke Spiegel ist nur leicht gesprungen, hat der von der Polizei gesagt."

Dann kommt der Sohn heim. Er ist völlig verstört. Irgendetwas muss vorgefallen sein. Er ist absolut nüchtern. Das ist nicht seine Art. Es stellt sich heraus, dass er die ganze Zeit in der Ausnüchterungszelle im benachbarten Polizeirevier verbracht hat.

„Nüchtern in der Ausnüchterungszelle sitzen, das musst du dir mal auf der Zunge zergehen lassen!", schimpft er. Nach langer Diskussion, vielem Zureden stellt sich heraus, dass er mit seinem Kumpel nur mal ausprobieren wollte, was geschieht, wenn man diese Riesenböller unter einem Auto zündet. Beim Ersten, einer blauen Limousine, wäre nichts passiert. Der ist bloß umgekippt.

„Aber im Zweiten saßen noch zwei Polizisten … Wir haben dann die Polizei gerufen, damit sie ihre Kumpels retten. Doch die Idioten haben überlebt und sogar mitbekommen, dass wir die Ladung angebracht hatten. Glück für Tom, der war rechtzeitig weg. Für mich hatten die nur die Ausnüchterungszelle frei. Na wenigstens ist das ein Einzelzimmer."

„Das wird teuer. Für die nächsten zwanzig Jahre solltest du dir einen Zweitjob als Zeitungsausträger suchen. Dein Lehrlingsgeld wird nicht ausreichen."

„Ihr habt doch bestimmt eine Haftpflichtversicherung! Außerdem bin ich erst siebzehndreiviertel, also noch minderjährig. Eltern haften für ihre Kinder!" Im selben Moment fällt die Hausfrau in Ohnmacht. Nach mehrminütigen intensiven Wiederbelebungsversuchen säuselt sie schwach blinzelnd:

„Lasst mich, ich will sterben!" Doch darauf lassen sich Hausherr und Sohn nicht ein. Mutters Gehalt als Blumenverkäuferin wird dringend benötigt. Sicherheitshalber verschweigt man ihr, dass sie künftig noch zwei Putzstellen, externe Putzstellen, eine vor und eine nach dem Blumenbinden, bedienen wird.

„Und nun?"

„Nun muss ich erst einmal was trinken! Nüchtern ins neue Jahr kommen, ist bestimmt nicht gut!", fasst Sohnemann die Lage zusammen.

Wirtschaftsnachrichten

28. Dezember

Frankfurt am Main. Die Frankfurter Börse meldet einen drastischen Preisverfall der Kurse von Schokoladenweihnachtsmännern. Der Schokoindex ist gestern nach Schließung der Supermärkte plötzlich und unerwartet massiv eingebrochen.

Die Börsianer reagierten hektisch, futterten ihre letzten Schokoladenweihnachtsmänner auf und versuchten damit eine künstliche Nachfrage zu schaffen. Es hat absolut nichts genutzt. Im nachbörslichen Handel verfiel der Kurs weiter. Die Börsenaufsicht erwog, die Handelsgeschäfte mit Aktien von Schokoladenweihnachtsmännern bis zum August auszusetzen.

Mehrere Börsianer versuchten, sich mit den letzten, zerknautschten Schokoladenweihnachtsmännern aus der Börsenkantine das Leben zu nehmen. Dem Tapfersten von ihnen gelang es, nacheinander siebzehn Schokoladenweihnachtsmänner zu verdrücken. Beim Achtzehnten vergaß er, das Silberpapier abzufummeln. Da musste er von der vielen Luft, die er zusammen mit den Hohlkörpern verschluckt hatte, mächtig rülpsen. Die Fensterscheiben der Frankfurter Börse zerbarsten durch den Überdruck. Vom Rückstoß wurde der Börsianer gegen den großen Computer geschleudert. Das Betriebssystem stürzte ab, auf allen Bildschirmen war nur noch ein blaues Bild zu sehen. Im ersten Moment hatte man die Geheimdienste der Großen Acht im Verdacht, einen Virus geschickt zu haben. Ein durch die Druckwelle verursachter Kurzer auf der Hauptplatine des Rechners wurde vier Stunden später als Ursache identifiziert. In New York brachen sämtliche Kurse ein. Der Präsident war kurz davor, den Notstand auszurufen und den nächstbesten roten Knopf zu drücken. Allerdings befindet er sich im Urlaub und hat gerade mit seiner Gattin … Ja, auch ein Präsident kann mal so richtig ausschlafen und anschließend gemütlich mit seiner Holden im Bett frühstücken. Jedenfalls hat er von dem ganzen Drama nichts mitbekommen. Und ihre Kinder dürfen sowieso keine Schokolade futtern, müssen sich von Grünzeug ernähren. Die flitzen nur heimlich zur nächsten Burgermanufaktur. Man nennt dies Vorbildfunktion. Das ist auch der Grund, weshalb der deutsche Kanzleramtsminister, den amerikanischen Präsidenten nicht leiden kann.

In letzter Sekunde konnten die verfressenen Suizid-Börsianer gerettet und aufs Klo gesetzt werden. Dort verharren sie seit Stunden. Die zu vernehmenden Geräusche geben Anlass zu verhaltener Hoffnung. Die Qualität der Schokolade dieser Schokoladenweihnachtsmänner war zum Glück so miserabel, dass die erwarteten Verstopfungen gemäßigt ausfielen. Lediglich die Klimaanlage konnte die Luft aus den Hohlkörpern nicht mehr bewältigen.

„Ja, diese neumodischen Lüftungen taugen nichts! Die hat bestimmt einer der DAX-Konzerne gebaut!", schimpft Klofrau Isolde Kümmerlich und reißt die Fenster weit auf.

„Das funktioniert wenigstens klimaneutral, wenn man von der Luftverschmutzung, die aus diesen schokoladenfressenden Klimasündern entweicht, absieht."

Die Meldung, dass der Computer wieder läuft, lies Hoffnung keimen. Der Regierungssprecher erklärte, dass man in der Berliner Katastrophenkommission mit dem Erfolg des Krisenmanagements der Bundesregierung sehr zufrieden wäre.

Das plötzliche Hoch des Kurses der Korkenzieher AG war nur von kurzer Dauer. Der Bodymaßindex der Sitzenden erklomm währenddessen zuckergetriebene Rekordhöhen. Der Dax wurde vor Neid ganz grün im Gesicht. Ein interessanter Nebeneffekt: Die seit Wochen schwächelnde Toilettenpapierindustrie schöpft Hoffnung. Deren Kurse konnten sich überraschend deutlich erholen.

Trotz der rasanten Talfahrt der Schokoladenweihnachtsmannpapiere verharrt der DAX konstant bei signifikant unter 50.000 Zählern. Unerwartet bekam er von den Schokoladenosterhasen Unterstützung. Die Schokoladenosterhasenindustrie hat sämtliche Restbestände an Schokoladenweihnachtsmännern für einen Apfel (ungespritzte Importware aus Südtirol, ziemlich verschrumpelt und mit zwei fetten Maden) und ein Ei (unbemalt, aus norddeutscher Freilandhaltung, unwesentliche acht Wochen über dem Mindesthaltbarkeitsdatum) aufgekauft. Während die Schokoladenweihnachtsmänner eingeschmolzen werden, laufen die ersten, vielversprechenden Verhandlungen mit der Regierung der Osterinseln.

Vorsorglich wurden bereits tausend Chartermaschinen für den Transport der Waren gebucht. Die Börsianer sind zuversichtlich, dass ihnen dieser verrückte Pilotenverein nicht mit einem Pilotenstreik in der Osterzeit das Geschäft verhagelt. Vorsichtshalber wurden alle Piloten mit Schokoladenosterhasen aus der niederländischen Versuchsproduktion bestochen. Diese Hohlkörper waren übrig geblieben, weil sich der Ersatz von Kakao durch ein Gemisch von Tomaten und Goudakäse am Markt noch nicht durchsetzen konnte. Nun hoffen die Holzpantoffelhelden auf wirkungsvolle Publicity. Im nächsten Schritt wollen sie ihr Produkt an der Börse platzieren. Das niederländische Branchenblatt „Schoko-Ei" verweist hierzu auf eine namentlich bekannte, halb- bis dreiviertelamtliche Quelle. Deren Glaubwürdigkeit soll angeblich die Zuverlässigkeit der üblichen Quellen der Journaille gewisser Bildergazetten um ein Vielfaches übersteigen.

In einer ersten Reaktion aus dem Berliner Wirtschaftsministerium wird darauf verwiesen, dass der Minister in einem persönlichen Telefonat mit dem Präsidenten der Osterinseln bereits einen Container Schokoladenosterhasen geordert hat. Damit wäre allerdings das gesamte Budget des Ministeriums für das kommende Jahr aufgebraucht. Selbst die Gehaltszahlungen für den stellvertretenden Minister stehen unter Haushaltsvorbehalt.

Das Bundesfinanzministerium mahnt zu Besonnenheit und erklärt, die Einführung einer Osterhasenmaut müsse erst innerhalb der EU abgestimmt werden. Mit massivem Widerstand der Österreicher - von wem auch sonst, es sind immer wieder die üblichen Verdächtigen - muss gerechnet werden. Dagegen beabsichtigt der Bundesverkehrsminister in Zusammenarbeit mit dem Bundesgesundheitsministerium neben einem Gesetzentwurf zur Einführung der Osterhasenmaut auf deutschen Straßen auch ein Verkehrsverbot von Schokoladenosterhasen und -weihnachtsmännern auf unseren Autobahnen zu erlassen. Man verweist auf die entstehende Rutschgefahr für Gigaliner und Elektropferdegespanne. Dagegen sind die Grünen für freien Verkehr jeglicher Art von Schokoladenhohltieren untereinander und an jedem Ort. Sie wollen notfalls bis zum Europäischen Gerichtshof für Menschenrechte gehen.

Ein älterer Herr, Vertreter einer ausgestorbenen, inzwischen völlig unbekannten gelblichen Spezies, taucht überraschend aus der Versenkung auf. Er belehrt das Volk hinsichtlich der Nichtzuständigkeit des Menschengerichtshofs für Osterhasen. Gleichzeitig fordert er Steuererleichterungen für Weihnachtsmänner und verweist auf eigene positive Erfahrungen. Schließlich mimte er nicht nur bei der 1993er Bundestagsweihnachtsfeier den Weihnachtsmann. 19 % der Abgeordneten hätten ihn damals geliked, also keine angefaulte Tomate an den Kopf geworfen. Die Linken bestehen darauf, dass es ohne UN-Mandat keinen Kampfeinsatz der Osterhasen gegen Schokoladenweihnachtsmänner geben darf. Sie fordern vehement den Einsatz eines Untersuchungsausschusses. Man munkelt hinter vorgehaltener Hand, dass bei der Füllung der Schokoladenosterhasen umdeklarierte chinesische Billigluft verwendet worden sei. Na, wenn das kein Fall für die Kanzlerin ist! Man hört nichts von ihr - kein Grund zur Sorge. Die ist noch im Weihnachtsurlaub abgetaucht.

Insgesamt bietet die Nachweihnachtszeit nichts Neues in der deutschen Wirtschaftspolitik. Alles in allem sind die Aussichten für das kommende Jahr hervorragend. Und wenn die Kanzlerin aus ihrem Weihnachtsurlaub zurückgekehrt ist, wird auch wieder regiert.

Ein mittelbayerisches Meinungsforschungsinstitut führte daraufhin eine repräsentative Blitzumfrage unter tausend Gymnasiasten durch. Die Frage lautete:

„Würdet Ihr die Forderung nach kostenneutralem Ersatz der Luft in Schokoladenweihnachtsmännern durch echte Schokolade befürworten?"

Hier die Ergebnisse:

Ja!	12,3 %
Auf jeden Fall!	13,4 %
Unbedingt!	21,5 %
So schnell, wie möglich!	11,6 %
Na klar!	10,7 %
10 Jahre rückwirkend!	18,6 %
Sowieso!	11,8 %
Nein, niemals!	0,1 %
Keine Antwort	0,0 %

Lediglich die übergewichtige Cindy aus der 10a des Waldemar-Schniepelbusch-Gymnasiums aus Buxtehude-Süd, die von einer Karriere als Model träumt, hat sich gegen den Luftersatz ausgesprochen. Seitdem befindet sie sich auf der Flucht, ist abgetaucht und traut sich in diesem Jahrhundert nicht mehr nach Hause. Sogar das Bundeskriminalamt verweigert ihr Personenschutz und eine neue Identität, droht gar mit Auslieferung. Cindy erwägt den Umzug nach Bielefeld und eine Lehre als Abfüllerin von Puddingpulver in Papiertüten.

Die nächste Runde

Anfang Januar

Das Fest der Feste ist vorüber. Leider? Zum Glück? Egal!

Die Reste wurden inzwischen verzehrt. Das war nicht leicht und Kartoffelsalat mit Würstchen möchten wir fünf Monate lang nicht wieder riechen. Das war zu viel. Musste Schwiegermutter ausgerechnet kurz vor Weihnachten eine Diät beginnen! Das konnten wir wirklich nicht ausgleichen.

Mit den Pfunden, den hinzugekommenen, können wir uns nur schwer anfreunden. Irgendwie möchten wir die wieder loswerden. Das ist nicht einfach. Die sind gemein, sind hartnäckig, mächtig anhänglich, kleben an uns, wie angetackert. Anastasia wollte das neue Kleid ausführen: Es spannt in der Bauchregion. Benjamin schimpft, dass seine Hose zu eng wird.

„Nimm ab! Die nächste Größe kommt mir nicht ins Haus!", droht Anastasia. Dabei ist Ben auch nach den Feiertagen ein schlankes Reh, zumindest im Vergleich mit seiner Freundin. Die hat heimlich auf Größe 42 umgestellt, das passt zu Bens Schuhgröße, meint sie.

Wenn man mit den neuen Pfunden keine dauerhafte Bindung eingehen will, muss man sich etwas Geniales einfallen lassen. Aber was könnte das sein? Eine Diät? Nein, das klappt nicht! Außerdem gibt es diesen fiesen, hinterhältigen Jojo-Effekt. Sport - das Unwort des Jahrtausends! Kennt irgendjemand etwas Besseres? Die Menschen sind zum Mond geflogen, wollen zum Mars, haben eine Rakete zu einem Kometen geschickt und diesen sogar angebohrt. Aber eine vernünftige Methode zum Abnehmen ist unseren Wissenschaftlern nicht eingefallen. Bleiben nur Versuche, die Wölbung zu tarnen, den furchtbaren profilseitigen Anblick zu kaschieren. Den Bauch einziehen, funktioniert nicht dauerhaft. Ein weites Hemd, ein bis zwei Nummern zu groß, leistet gute Dienste. Anastasia versteckt die Waage im Keller, tief hinten im Schrank. Das beugt dem schlechten Gewissen vor. Dann fühlt sie sich sofort deutlich besser. Kein quengelnder Gewichtsmesser steht im Wege. Der zeigt sowieso immer zu viel an. Bei der Konstruktion solcher Waagen sollte mal ein Psychologe mitwirken. Man kann einem Adipösen doch nicht dauernd schlechte Nachrichten zeigen. Der bekommt womöglich einen Heißhunger auf Schokolade. Besser wäre diese Ansage:

„In einer Woche nur zwei Kilo zugenommen. Wenn man deinen guten Willen einrechnet, nähert sich der Bodymaßindex langsam der Nullgradgrenze. Weiter so!"

* * *

Die ersten Wochen eines Jahres sind besonders stressig. Immer und überall bekommt man ein „Gesundes neues Jahr!" an den Kopf geknallt. Jeder knallt gnadenlos zurück! Können Jahre gesund sein oder sogar krank? Manch einen hat gleich in der ersten Dekade eine kräftige Erkältung niedergestreckt. Der tagelange Nieselregen hat seine Opfer gefunden. Eine Horde verrückter Viren tanzt Polka im Nasenraum. Wir wissen nach zwei Stunden im Büro schon nicht mehr, mit wem wir diese Floskel ausgetauscht hatten. Dauernd trifft man Kollegen und wünscht ein „Gutes Neues!" Toll, was denn nun, ein gutes neues Steak mit Kräuterbutter oder ein neues Auto? Meines ist aber längst nicht reif für den Schrottplatz. Noch lustiger wird es, wenn man dann feststellt:

„Ach! Wir hatten uns ja bereits …"

„Prima, doppelt hält besser." Da ordern wir eben zwei Portionen Schnitzel mit Kräuterbutter und haben schon wieder das Problem mit den Pfunden.

Zum Glück muss man diese guten Worte nicht allzu wörtlich nehmen. Die nützen nichts. Ebenso wenig weiß man, ob sie ehrlich gemeint sind. Man haut sie jedem, der es zu erwarten scheint, wahllos an den Kopf. Angeblich lügen wir täglich mindestens zweihundertmal, meist unbewusst. Da kommt es auf einen unehrlichen Wunsch mehr auch nicht drauf an. Jedenfalls ist Lügen für das Betriebsklima manchmal besser, als dieser Schnepfe aus Büro 307 das zu wünschen, was sie verdient. Eine mehrwöchige Halsentzündung, um ihr Geschwafel nicht dauernd anhören zu müssen, würde gefallen. Doch so gemein ist man nicht. Es wird nur getuschelt, wenn sie über den Flur läuft. Allerdings weckt sie bei einigen Damen Neid wegen ihrer knallengen, weinroten Lederhose.

„Mensch, womit hat die solch eine Figur verdient?"

„Darf man so im Büro herum laufen?" oder

„Die macht die Kerle reihenweise verrückt! Typisch! Die will doch nur jeden Tag von einem anderen einen Cappuccino spendiert bekommen."

„Wer weiß, was die ihr sonst noch so spendieren! Man munkelt, die wäre im dritten Monat … Hat die überhaupt einen Mann?"

„Du meinst, die hat ohne Mann … Zutrauen würde ich der das!" Jedenfalls sorgt diese Dame für viel Gesprächsstoff. Sie ist vermeintlich seit Jahren im dritten Monat schwanger und hat erst drei fast erwachsene Kinder.

Leute, die uns nahestehen, wissen natürlich, dass wir ihnen nicht nur am Jahresanfang und zum Geburtstag ehrlichen Herzens Gutes wünschen.

Genauso ist es mit den „Guten Vorsätzen". Angeblich fasst die halbe Menschheit zum Jahreswechsel Vorsätze. Hat schon mal jemand einen „Schlechten Vorsatz" gefasst? Die andere Hälfte hat Silvester entweder so intensiv gefeiert, dass sie die Vorhaben gleich vergessen hat. Oder sie ist aus Erfahrung klug geworden und spart sich die Vorsätze und deren Nichtbefolgung gleich ganz ein.

Gibt es überhaupt jemanden, der wenigstens einen klitzekleinen Vorsatz eingehalten hat? Einer lässt sich bestimmt finden! Es gibt ja auch immer wieder mal einen, der den Jackpot bei Lotto knackt. Da könnte in der nächsten Talkrunde doch mal ein interessantes Gespräch stattfinden.

* * *

„Nun erzählen sie uns allen, lieber Herr Kaluschke, was sie sich für das neue Jahr vorgenommen haben?"

„Hm, äh, … ach so. Ähhhh …"

„Sie müssen gar nicht aufgeregt sein. Hier schauen nur eineinhalb Millionen Leute zu. Was ist das schon bei Achtzigmillionen Menschen in unserem Land! Unsere Quote ist bescheiden - wie ich selbst."

„Wenn das so ist … Ich muss erst mal tief durchatmen … Äh, kann man wenigstens diese riesigen Kameras wegräumen, die irritieren mich total. Die gucken immer so und dieses rote Licht obendrauf …"

„Herr Kaluschke, beruhigen sie sich. Denken sie an ihre liebe Frau. Atmen sie tief durch, vergessen sie, dass sie im Fernsehen sind. Dann wird es gehen. Alle haben es bisher geschafft die Aufregung zu überwinden, sogar die Kanzlerin! Die ist doch immer so schüchtern. Lediglich dieser eine Ex-Kanzler brauchte jede Minute einen neuen Glimmstängel zur Beruhigung. Die Rauchmelder liefen Amok und die örtliche Feuerwehr verbuchte das als Katastrophenübung. Es war allerdings sein Tarnmanöver. Das hat ihm nichts genützt, unsere Mikrofone funktionieren auch im dichtesten Nebel."

„Tja, wenn sie meinen …"

„Wie war das, Herr Kaluschke?"

„Nämlich, das war so. Meine Frau, die Elvira, schimpft immer, dass ich so schnell fahre, also mit unserem Auto."

„Ach so. Da haben sie sich vorgenommen, langsamer zu fahren."

„Ja, so ist es. Sie wissen ja, Frauen sind unglaublich ängstlich. Und meine Elvira sowieso. Die schreit schon von weitem, wenn sie so eine ganz kleine Spinne sieht. Oder, wenn bei uns im Keller mal ein süßes Mäuschen herumläuft. Neulich …"

„Sie haben sich also vorgenommen, nur noch langsam zu fahren, Herr Kaluschke."

„Ja. Meine Frau freut sich wahnsinnig darüber."

„Heute ist der achtzehnte Januar. Das bedeutet, dass sie ihren Vorsatz bereits knapp drei Wochen lang einhalten. Sind sie da nicht ein wenig stolz auf sich?"

„Ja, das darf man so sagen. Ich bin stolz. Und Elvira erst einmal. Die kann jetzt wieder jede Nacht durchschlafen und wacht nicht mehr mit Albträumen auf. Die hat nämlich immer geträumt, dass ich zu schnell fahre und von der Polizei erwischt werde. Und dieser Polizist hat so grimmig geguckt und wollte die Papiere von mir sehen. Dabei habe ich die im Schlafzimmerschrank hinter meinen Socken versteckt - damit ich sie nicht verbummle. Wissen sie, ich bin doch so schusselig, das Alter …"

„Jetzt brauchen sie sich ja keine Sorgen mehr zu machen. Sie halten ja ihren Vorsatz, nicht mehr schnell zu fahren, ganz konsequent ein!"

„Ja, ganz konsequent."

„Was glauben sie, wie lange es ihnen noch gelingt, diesen Vorsatz einzuhalten?"

„Das kann ich ihnen ganz genau sagen!"

„Äh? … Ganz genau?"

„Bis zum 23. Januar."

„Bis zum 23. Januar im nächsten Jahr? Toll!"

„Nein, bis zum 23. Januar in diesem Jahr!"

„Das ist ja nicht einmal eine Woche! Warum nicht länger?"

„Am 23. bekomme ich meinen Führerschein zurück. Da darf ich wieder mit dem Auto fahren. Ich musste den Lappen doch für drei Monate abgeben. Bin in der Dreißigerzone vor dem Kindergarten ein wenig zu schnell gewesen."

„Zu schnell?"

„Ja, sag ich doch. Schlappe dreiundsiebzig haben sie gemessen. Elvira hat es kommen sehen, dass sie mich mal erwischen. Sie hat stets gesagt, wenn du zu Supermarkt fährst, brems gefälligst vor dem Starenkasten an der Kita. Und das habe ich immer gemacht. Alle drei Monate mussten die Bremsbeläge an dem Wagen getauscht werden. So sehr habe ich gebremst. Aber im Oktober, da hatten wir uns gestritten, wegen meiner ständigen Raserei. Da habe ich aus Wut über Elvira einfach mal nicht gebremst."

„Und da mussten sie ihren Führerschein abgeben."

„Sie glauben ja nicht, wie schön es war, als mich Elvira getröstet hat."

„Wenn es so schön war, könnten sie am 23. Januar doch wieder ungebremst …"

„Sie meinen, ich sollte mal richtig Gas geben in meiner Ehe! Ja, das ist eine gute Idee! … Darf ich mal winken?"

„Sie wollen Ihrer Elvira winken?"

„Ja … Hallo Elviralein, ich habe dich ja so lieb!"

„Vielen Dank, Herr Kaluschke. Kommen wir nun zu unserem nächsten Gast. Sebastian Vettel, sie haben kein Problem damit, schnell zu fahren! …"

„Nein überhaupt nicht! Schließlich will ich Weltmei…"

„Und warum geben sie dann nicht mal ordentlich Gas? Oder haben sie Angst, geblitzt zu werden?"

…

* * *

Ein Vorsatz schwebt jedes Jahr über uns. Fast alle nehmen sich vor, in diesem Jahr rechtzeitig an die Weihnachtsgeschenke für die Lieben zu denken.

„Solch einen Stress, wie im letzten Jahr, ..." Nein, das muss wirklich nicht sein! Und es sind ja nicht nur die Geschenke, die zu besorgen sind.

Beginnen wir bei den Basics. Was benötigt man für Weihnachten? Als Allererstes wäre da ein Weihnachtsbaum. Ohne Weihnachtsbaum, kein Weihnachten. Ohne Weihnachten, kein Weihnachtsmann. Ohne Weihnachtsmann keine Weihnachtsgeschenke. Das wusste schon der alte Confusius im fernen China. Oder hat der in Japan gewohnt? Egal! Die Geschenke sind das allerallerwichtigste an solch einem Fest. Die kommen in ihrer Bedeutung gleich nach der Weihnachtsgans und den selbst gebackenen Plätzchen.

In Anbetracht der Abholzungskatastrophe der Regenwälder gehen wir mit gutem Beispiel voran und verwenden den letzten Weihnachtsbaum noch einmal. Bei sachgemäßer Lagerung und Pflege hält sich so ein Tannenbaum mindestens bis vorgestern. Einzig und allein die Nadeln sind ein wenig problematisch. Aber wozu hat schließlich ein gewisser Herr Pritt den nach ihm benannten Stift erfunden? Damit dieser gelangweilt in der Schublade herum kullert und eintrocknet? Nein, dazu bestimmt nicht. Also heißt es den Weihnachtsbaum kühl stellen, die abgefallenen Nadeln einsammeln und im Tiefkühlfach bis Dezember lagern. Beim nächsten Angebot von Klebestiften werden wir rechtzeitig zum Discounter flitzen und eine Großpackung einheimsen. Das Kleben wird eine nette Adventsbeschäftigung sein. Die ganze Familie freut sich bereits heute darauf.

Punkt eins wäre damit auf den Weg gebracht. Punkt zwei sind die Geschenke. Oh je! Das ist schon problematischer. Zuerst steht immer das Problem im Raum „Was schenken wir?" Ohne Präsente ist es kein ordentliches Weihnachtsfest. Und das allseits beliebte Spiel „Dieses Jahr schenken wir uns nichts!", ist nicht nur stinkelangweilig, sondern funktioniert meistens nicht so richtig.

* * *

„Schatzilein!", säuselte Anastasia schon im Spätsommer, „Schatzilein! In diesem Jahr sparen wir uns die Weihnachtsgeschenke. Du weißt ja sowieso nicht, was du dir wünschst. Und ich möchte die silberne

Kette, nicht erst zu Weihnachten tragen. Du weißt doch, bestimmt werden wir von den Klabuschkes zu ihrem Herbstfest eingeladen. Da kann ich nicht mit der alten Kette um den Hals antanzen!" Benjamin freut sich ein Loch in den Bauch. Diese Idee erspart ihm viel Stress. Allerdings kommt ihm in den Sinn, dass Annalein, wie er sie immer nennt, wenn es nach Problemen riecht, auch noch ein Kleid, einen Mantel, Schuhe sowieso und eine neue Handtasche brauchen wird. Der obligatorische Friseurbesuch wird ein tiefes Loch in die Haushaltskasse reißen. Andererseits, wenn es ihm diesen Stress mit den Geschenken erspart …

„Ja, Schatz, das ist eine prima Idee!"

Natürlich findet Benjamin am Weihnachtstag ein liebevoll eingewickeltes Geschenk unterm Weihnachtsbaum. Anastasia konnte sich nicht verkneifen, ihm dieses wahnsinnig tolle Bohrerset für seine Werkstatt im Bastelkeller aus dem vorletzten Angebot beim Discounter zu besorgen. Als sie das sah, war sie nicht imstande, zu widerstehen. Ein halbmetergroßer Schokoladenweihnachtsmann rundet das Geschenk ab, sorgt für eine angemessene Größe des Pakets.

Seinen Hinweis, er würde gerade eine Diät machen, kontert Anastasia gekonnt.

„In dem Weihnachtsmann ist doch nur Luft drin, bestimmt verdünnte Luft, damit er leichter wird und beim Transport nicht explodiert, vielleicht sogar ein wenig Vakuum." Diese profunden Kenntnisse überzeugen auch Benjamin. Ihr Zwinkern im rechten Auge hat er nicht mitbekommen. Jedoch solch ein Werkzeugset hat er sich neulich selbst zugelegt. Er war allerdings nicht beim Discounter. Im Werkzeugschrank liegen die doppelt gehärteten Diamantbohrer aus dem Werkzeugspezialversand. Benjamin versucht, die gedämpfte Freude hinter einer fröhlichen Fassade zu verstecken. Dann hat er eine Idee:

„Ich schenke den Plunder weiter an Onkel Ludwig, der kommt ja morgen mit seiner Erna zu Besuch!"

Irgendwie ist Anastasia plötzlich so merkwürdig. Benjamin wundert sich.

„Liegt es daran, dass ich kein Geschenk für sie habe? Aber das hatten wir ja so abgesprochen", überlegt er, „Und es war doch der Vorschlag von Anna!"

Am Abend sitzen sie Arm in Arm auf der Couch und schauen diesen langweiligen Film an. Anna hat Tränen in den Augen. Bei solchen Schnulzen kommt das immer Mal vor, beruhigt sich Benjamin. Auch bei den Nachrichten ändert sich das nicht. Benjamin fragt ganz schüchtern, was mit ihr los wäre. Er grübelt, ist sich keiner Schuld bewusst. Er weiß, bei Anastasia kann es immer mal etwas geben, was sich in ihrem Kopf querstellt. Er hat da einschlägige Erfahrungen.

Zuerst druckst sie herum. Doch dann sagt sie:

„So war das nicht gemeint! Natürlich möchte ich etwas Schönes von dir geschenkt bekommen. Ich wollte nur nicht, dass Du wieder irgendetwas völlig Sinnloses schenkst."

Frauen sind und bleiben das unlösbare Weihnachtsrätsel unseres Universums.

Im nächsten Jahr wird alles ganz anders oder es bleibt, wie es ist, nur eben mit vielen Geschenken.

Verwechslungsgefahr

Zweite Hälfte vom Januar

Im Januar ist es immer dasselbe. Mit Müh und Not hatte man sich an die alte Jahreszahl gewöhnt. Schon muss man sich wieder auf eine völlig neue Zahl einstellen. So ein Jahr ist auch nicht mehr das, was es früher mal war. Es wird ständig kürzer, von Jahr zu Jahr. Besonders deutlich merkt man das in Schaltjahren. Die schalten schon Anfang Januar in den Turbo-Modus. Man fühlt sich regelrecht um die Zeit betrogen. Irgendjemand klaut uns die Zeit. Wenn das so weitergeht … Wo soll das nur enden?

Kindern erscheint die Zeit ellenlang. Wer erinnert sich nicht daran, sehnsüchtig auf die nächsten Ferien, den Geburtstag oder das Weihnachtsfest gewartet zu haben.

„Gedulde Dich, Kind!", hat nie geholfen, die Sehnsucht eher verschlimmert. Die Zeit zog sich, wie die Verspätung des ICE von Buxtehude nach Posemuckel. Ja, wenn wir warten, dann dauert es ewig. Später scheint die Zeit immer mehr zu rennen. Nach gestern kommt gleich übermorgen und wir merken es nicht einmal.

„Das letzte Silvesterfeuerwerk ist doch noch gar nicht so lange her! Und in ein paar Tagen ist Ostern!" oder „Wir waren gerade erst im Skiurlaub und nun ist schon Altweibersommer? Da ist etwas faul!" Nein, da ist nichts faul, das Zeitempfinden ändert sich im Laufe des Lebens. Deshalb müssen wir uns auch so oft an das nächste Jahr gewöhnen.

Jedes Mal, sobald wir jetzt das Datum schreiben, kommt uns routinemäßig die alte Jahreszahl aus dem

Handgelenk gerutscht. Wir müssen uns die Neue unbedingt einprägen, sie irgendwie an den rechten Daumen pinnen. Linkshänder aufgepasst: Nehmt zum Anpinnen der Jahreszahl den linken Daumen! Und Vorsicht beim Pinnen. Ein Treffer direkt auf die Daumenspitze hilft beim Einprägen der Jahreszahl ungemein, tut dafür höllisch weh.

* * *

Neulich hatten wir noch die Dreizehn, dann kamen die Vierzehn, die Fünfzehn und so geht es in einem fort. Die Dreizehn damals war mir regelrecht sympathisch. Ich mag Primzahlen. Die sind etwas Besonderes. Die kann man drehen und wenden, wie man will. Man findet nur zwei ganzzahlige Teiler, keinen mehr und keinen weniger. Deswegen sind diese Primzahlen meine Glückszahlen. Mich muss man schließlich auch ganz und ungeteilt nehmen. Obwohl von mir drei Viertel genügen würden - ich ohne die lästigen Pfunde! Die hat die Zeit überall, besonders an der Bauchregion angeklebt. Die Zeit ist heimtückisch.

Von den primeligen Zahlen gibt es nicht so sehr viele. Nur etwa unendlich viele von ihrer Sorte laufen in unserem Universum herum. Es sind also wesentlich weniger, als die natürlichen Zahlen anzahlmäßig auf die Waage bringen. Von diesen gibt es immerhin endlos viele Exemplare. Das ist wirklich ausgesprochen viel.

Primzahlen haben noch eine Besonderheit. Auch wenn es unendlich viele davon gibt, kennt man bisher nur ganz viele. Und ganz viele, das ist deutlich weniger als unendlich viele! Wieviele bisher bekannt sind?

Da hilft Nachzählen oder das Befragen von Primzahl-forschern. Die gibt es, dazu später mehr.

Von den natürlichen Zahlen dagegen kennt man eigentlich alle, auch wenn es unendlich viele sind. Schließlich kann man zu jeder natürlichen Zahl auch eine Nachfolgezahl angeben - wenn man rechnen kann. Man muss einfach die Eins hinzu zählen. Das ist relativ leicht und wird bereits in der Grundschule gelehrt. Und für diesen Nachfolger gibt es ebenfalls genau einen Verfolger. Und so weiter und so fort. Mit Geduld und Spucke …

Nee - das reicht nicht. Die letzte natürliche Zahl findet man mit diesen Zutaten jedenfalls nicht. Selbst wenn man die Elementarteilchen in unserem Universum einzeln durchnummeriert, die Teilchen in den schwarzen Löchern nicht vergisst, sich nicht versehentlich durch ein Wurmloch in ein Paralleluniversum verabschiedet, hat man längst nicht die letzte natürliche Zahl erwischt. Selbst das Durchnummerieren der Teilchen in diesen Paralleluniversen bringt uns nicht ans Ende der Zahlen. Es sei denn, dort gibt es eine andere Mathematik.

Meine Liebe zu den Primzahlen hat schon ganz früh, mit circa minus drei Lebensmonaten angefangen. Ja, da war ich noch gar nicht geboren. Da habe ich mir in meinem jugendlichen Leichtsinn gesagt,

„Primzahlen sind toll, sind etwas Besonderes. Du bist auch etwas Besonderes, ein ganz besonders niedliches, wundervolles, werdendes Baby!" Weil ich im Jahr 19xx schlüpfen sollte, wollte und musste und weil die Neunzehn so eine wunderbare Primzahl ist, habe ich mich an einem Siebzehnten auf den Weg ans Licht dieser Welt gemacht. Dieses Licht war die grelle Lampe eines Kreißsaales. Es ist kein Wunder, dass ein ganz leichter Klaps auf den Po ausreichte, meinen ersten Schrei hervorzulocken. War es ein Freudenschrei, fast so schön, wie der meines Vaters, etwas später? Dieses Licht war einfach nur furchtbar, in Mamas Bauch dagegen, … Da war es dunkel, aber kuschelig.

Ich bin daher quasi die geborene Primzahl. Leider sind weder Monat noch die ganze Jahreszahl meines Geburtstermins eine Primzahl. Es hätte schlimmer kommen können. Zum Beispiel, wenn ich schon etliche Jährchen früher, also im Primzahljahr 1951 angekommen wäre. Oh jemine, da wäre ich jetzt aber schon 'nen dicken Zacken älter. Wenigstens könnte ich da am Morgen immer ausschlafen, müsste nicht ins Büro rennen und könnte meine fette Rente verprassen … Upps, habe ich mich da etwa verrechnet? Rente gibt es doch erst mit 65+! Wir schreiben gerade 2015. Das Leben ist grausam! Ich brauche dringend einen Lottogewinn, vielleicht den Jackpot. Wie wäre es mit 20.000.077 Euros? Das wäre immerhin ein prima Anfang.

Die größte bisher bekannte Primzahl lautet

$$2 \text{ hoch } 57.885.161 - 1$$

Die ist schlappe 17.425.170 Stellen lang. Sie aufzuschreiben, da hat man echt zu tun. Wer weiß, wie viele Bleistifte man da verbraucht! Sie wurde erst im verprimten 13er Jahr entdeckt. Manche Leute haben vielleicht komische Hobbys! Primzahlsuchen ist fast so spannend, wie Pilze angeln oder Fische suchen.

* * *

Übrigens, das nächste Primzahljahr ist schon 2017. Macht Euch rechtzeitig ans Werk. Ein lauer Sommertag, wie der 23.Juli 2017 wäre doch ein prima primeliger Geburtstag für den Sprössling. Also markiert den 23. Oktober 2016 ganz dick im Kalender. Am besten zu den frühen Abendstunden. Es ist ein Sonntag. Besuch ist unerwünscht, Heizung aufdrehen nicht vergessen, es ist Herbst, da kann es schon kühl sein. Licht auf muschebubu stellen, eine Kerze, liebliche Musik, vorher ein Gläschen Wein oder Sekt, nur eins natürlich, ein letztes für die Frau der Träume, Pralinen, Knabberzeug, ein wenig nur, … Und dann frisch ans Werk! Eine Aufbauanleitung mit mehrdeutigen Grafiken ist nicht nötig. Das Ergebnis ist schließlich kein Regal eines schwedischen Möbelhauses. Der Moment bleibt in ewiger Erinnerung! Es ist egal, ob ihr am Montag verpennt! Ihr, die Welt, die Menschheit haben es verdient!

Der Tag, 9 Monate später, hat Potenzial! Vielleicht wird es ein Mathematikprofessorchen? Der Job ist auch für Mädchen gut geeignet, da muss man nicht schwer heben, Zahlen sind leicht, wie Luft. Man braucht nur genügend, also mächtig viel Grips in der Rübe. Und wenn das werdende Mathematikerleinchen ein bisschen bummelig ist, Professoren sind ja manchmal etwas verträumt, dann bieten sich der 29. oder 31. Juli auch noch an. Wenn der Nachwuchs seine Mathematikerkarriere nicht erwarten kann, sollte man ihm den 7., 11., 13., 17. oder 19. Juli empfehlen. Im Januar, März oder Mai sowie im November sind ebenfalls noch Termine frei. Aber in diesen Monaten ist das Geburtstagswetter nicht optimal.

Ich rate zu professionellem Projektmanagement, mit Software und so. Allerdings sollte man keine Unternehmensberatung engagieren. Die wollen nur Geld, schnüffeln überall herum, tun oberschlau, schreiben

alle Geheimnisse in ihren Abschlussbericht und empfehlen Personaleinsparungen. Genau das Gegenteil ist
das Ziel, eine neue Fachkraft für mathematische Fragen aller Art.

N.B.: Die Zahl 2013 klingt zwar fast wie eine
Primzahl, ist aber durch 2013, 671, 3 und 1 ganzzah-
lig, ohne Rest teilbar. Von 2014 will ich diesbezüglich
gar nicht erst reden! Und das Jahr 2015 – das Erschei-
nungsjahr dieses Bandes – ist primzahlmäßig einfach
furchtbar! Doch ansonsten …

Wo die Liebe hinfällt

Irgendwann im Sommer

Es gibt Jobs, die kann man sich wünschen, doch die bekommt man nicht. Eisverkäufer ist so einer. Die arbeiten nur im Sommer, wenn es mächtig heiß ist, heiß wie im Sommer. Dann können sie ein Eis nach dem Anderen futtern und alle Kunden freuen sich. Im Winter machen die Urlaub. Ein echter Traumjob ist das also. Noch besser ist Skiliftpilot. Die rackern im Winter und liegen den ganzen Sommer über auf der faulen Haut am Strand.

Der Weihnachtsmann hat auch solch einen Job. In der Weihnachtszeit hat er Stress, kann sich vor Arbeit kaum retten. Selbst die unendlich vielen Wichtel schwitzen mit ihm um die Wette. Ist das letzte Paket an Kind, Frau und Mann gebracht, ruht er sich endlich aus. Erst im Spätsommer beginnt es wieder, anstrengend zu werden. Na gut, das Verteilen der ersten Pfefferkuchen und Hohlkörper in den Supermärkten macht er noch mit links.

Den Januar verpennt der Alte komplett. Das hat er sich wirklich verdient. Im Februar öffnet er nacheinander das linke Auge, den Mund, das rechte Auge und schließlich das Fenster vom Schlafzimmer. Frische Luft muss ab und an mal sein.

Im März, wenn die ersten Sonnenstrahlen des Frühlings über das Land gleißen, wird er richtig wach. Er genießt die Welt, begrüßt jedes noch so kleine Blümchen im Garten persönlich. Dann geht er in den großen Stall und streichelt seine Rentiere.

„Gut gemacht!", raunt er ihnen in die Ohren. Er schaut, ob auch genügend Heu im Trog liegt. Zufrieden besucht er sodann seine Wichtel, plaudert mit ihnen ein ganzes Weilchen, dankt für ihre schwere Arbeit.

Dann passiert es. Es ist jedes Jahr dasselbe. Doch in diesem Jahr war es ein wenig anders als sonst. Allerdings angefangen hat es wie immer.

Der Weihnachtsmann langweilt sich. Zuerst schaltet er den Fernseher ein, kurz darauf entnervt wieder aus.

„Nein, dauernd nur Mord und Totschlag, stets nur Krimi und Thriller, zur Abwechslung mal eine nervige Talkshow oder ein geistiges Quiz, das halte ich nicht aus", resümiert er betrübt.

Er macht sich auf den Weg in die Stadt. Es ist herrliches Frühlingswetter und er zieht sein neues, grünes Jackett sowie die in die Jahre gekommene, etwas abgewetzte Cordhose über und die Sandalen vom letzten Sommerschlussverkauf an. Den Bart hat er sich ordentlich gestutzt und die weiße Mähne auf seinem Kopf wurde vom Friseurwichtel rechtzeitig in Form gebracht. Fesch schaut er aus, die tausend und x Lebensjahre sieht man dem Herrn wirklich nicht an. Er nennt sich nun Claus und kommt ganz inkognito daher.

Auf dem Marktplatz sucht er sich erst einmal eine Bank. Ein wenig Ausruhen tut seinen alten Knochen gut. Um ihn herum brodelt das Leben. Die Einen kommen von dort und eilen nach da, andere kreuzen den Platz, die Nächsten rennen zum Discounter an der Ecke und schleppen dann vier fette Einkaufstüten zum Parkhaus gegenüber, eine ältere Dame kommt von links und geht nach rechts, der Herr dort radelt mitten durch den Menschenpulk von rechts nach links und der Schulbub mit dem schweren Ranzen setzt sich mitten auf den Platz. Sieben Fehler im Diktat haben ihr Gewicht und er muss erst einmal überlegen, wie er das dem Papa beibringen kann. Vielleicht kurz bevor der zu seiner wöchentlichen Kegelrunde fährt, da ist der immer mächtig in Eile.

Drei junge Kerle düsen andauernd auf ihren Skateboards an ihm vorbei. Einer knallt direkt vor ihm auf die Gusche, stolpert geschickt weiter, stützt sich an dem altersschwachen, jungen Bäumchen, das dem alten Herrn seinen Schatten spendet ab und landet neben dem Weihnachtsmann auf der Bank.

„Hoppla!", sagt der Bursche.

"Hoppla!", antwortet der Weihnachtsmann, „Hast du dir wehgetan?"

„Nö, ist nur 'ne kleine Schürfwunde am Ellenbogen." Weiter geht es mit der Fahrt des jungen Mannes, während der Weihnachtsmann einen Fastherzinfarkt erst einmal verdauen muss. Die „1-1-0" hatte er in Gedanken schon in sein Handy getippt, nicht wegen des fliegenden Kerls, wegen seiner Herzattacke.

„Geht es ihnen nicht gut? Sie sehen so blass aus", fragt eine Frau mit dunklem Kopftuch und setzt sich zu ihm. Das kleine Mädchen, das sie an der Hand führte, verzieht sich zum Springbrunnen. Der übt auf die Kinder eine magische Kraft aus. Mutter hat ein wachsames Auge auf das Mädel, welches noch schüchtern zwischen den anderen Kindern hockt. Schwupps, hat es Schuhe und Strümpfe ausgezogen und läuft am Rand des künstlichen Sees entlang, platscht kräftig ins kühle Nass.

„Ach es geht schon. Ich habe nur einen tüchtigen Schreck bekommen, weil die Jungs hier so wild um mich herum fahren."

Die Zeit vergeht, das Leben in der Stadt pulst in hohem Tempo und der Weihnachtsmann geniest es. Wenn die Menschen zufrieden sind, fühlt er sich besonders wohl.

Allerdings spürt er auf einmal etwas in seinem Innern. Erst nur schwach, dann stärker werdend, so dass er es nicht mehr ignorieren kann. Es sind die Magenwände, die aneinander reiben. Wenn sich nichts dazwischen befindet, nennt man es Hunger, gerne auch Bärenhunger. Es ist früh am Nachmittag - Kaffeezeit. Also beschließt der Weihnachtsmann ein Café zu suchen. Hier am Marktplatz ist das kein Problem, er findet ein nettes Café mit einem Platz unter einem großen Sonnenschirm. Frische Luft atmen, tut ihm nach seinem langen Schlaf besonders gut. Schnell bestellt er eine Tasse Kaffee und ein großes Stück Schokoladenkuchen. Ja, Schokoladenkuchen, den mag er besonders gern. Sicherheitshalber hält er sich die Option für ein zweites Stück offen. Wer weiß, wann er das nächste Mal hier vorbeikommt und einkehren kann, vor Morgennachmittag wird das bestimmt nichts.

Zwei junge Frauen setzen sich zu ihm an den Tisch. Sie scheinen gerade von der Berufsschule zu kommen, schimpfen unentwegt über einen Pauker, der sie ständig mit Rechenaufgaben der übelsten Sorte peinigt. Das Gemecker hört erst auf, als die Serviererin ihnen die bestellten Getränke bringt.

„Was ist denn das, was die da trinken. Bestimmt irgend so etwas Hypermodernes", schlussfolgert Claus. Er ist froh, einen klassischen Kaffee vor sich stehen zu haben. Der Weihnachtsmann, also Claus, ist ein klein wenig konservativ. Neues, diese topmodernen Dinge der Neuzeit, also alles, was nach 1711 erfunden wurde, kommt ihm spanisch vor. Bei nächster Gelegenheit bestellt eine zweite Tasse Kaffee und natürlich noch ein Stück von diesem leckeren Schokoladenkuchen.

„Der Gesundheitswichtel wird bestimmt wieder nölen, weil ich zugenommen habe. Egal, wenn es mir so gut schmeckt, soll er nölen, wie er will. Ich stelle mich einfach taub. Alte Herren hören manchmal auf einem Ohr nicht so gut."

Die beiden Azubinen plaudern fleißig. Claus spitzt die Ohren. Was die da so erzählen, beginnt ihn zu interessieren.

„Und dann schrieb mir einer, dass er Jura studiert, im fünften Semester bereits. Und dreimal in der Woche geht er zum Tennis."

„Hat er dir auch ein Bild geschickt?"

„Und was für eins! Ich sag dir, der sieht vielleicht toll aus. Ein echt knackiger Typ ist das."

„Glückskind! Mir hat erst ein übergewichtiger Fünfzigjähriger geschrieben, zumindest sah er auf dem Foto so aus. Aber dann kam noch eine Zuschrift von einem Italiener - Giovanni! Den Namen musst du dir mal auf der Zunge zergehen lassen - Giovanni!"

„Giovanni! Genial!"

„Der ist vielleicht charmant. Und flirten kann der!"

„Habt ihr telefoniert?"

„Na klar. Ich habe ihn gleich angerufen. Ich musste, ich konnte einfach nicht anders."

„Und?"

„Samstagnachmittag! Muss ich mehr sagen?"

„Sag nichts, ich halte es nicht aus. Aber pass gut auf. Italiener sind unberechenbar!"

„Na und!"

Dieses „Na und!" beeindruckt Claus wahnsinnig. Und die Augen der jungen Frau! Selbst wenn sie ungeschminkt wäre, würde er dahinschmelzen. Nur eines hat er noch nicht kapiert. Worüber reden die? Es geht um Männer, um junge, hübsche Männer. Das steht fest. Alt fühlt er sich längst nicht. Claus lauscht weiter, ganz unauffällig, versteckt hinter seinem Schokoladenkuchen. Er ist so konzentriert, dass er nicht einmal auf die Idee kommt, sich ein drittes Stück davon zu bestellen. Hoffentlich ist das kein Fehler!

Schließlich holt die eine ihr Tablet hervor und zeigt ihrer Freundin ein paar Bilder dieses knackigen Südländers. Endlich begreift Claus, was hier gespielt wird. Es geht um eine Partnervermittlung im Internet.

„Das kann ich doch auch mal probieren!", beschließt der Weihnachtsmann, „Hoffentlich schaffe ich das alleine." Ja, diese neumodische Technik hat es in sich. Nur diesmal möchte er sich nicht von Administratorwichtel helfen lassen müssen. Es war schon schlimm genug, als er neulich versehentlich so eine Seite mit lauter Nackten erwischt hatte. Und ausgerechnet da fing er sich einen Computervirus ein. Drei Tage hat es gedauert, bis das repariert war. Der Administratorwichtel hat nichts gesagt, nur so komisch geguckt.

„Au Backe, das war mir vielleicht peinlich!", erinnert sich Claus an diesen Vorfall.

Zu Hause setzt er sich an seinen Computer, sucht und findet eine Partnervermittlung.

„Nein, die nicht!", beschließt er spontan, als er sieht, was da läuft. Die sind alle zu jung für ihn, zu leicht bekleidet. Er recherchiert weiter und glaubt endlich, die passende Vermittlung erwischt zu haben.

Über 250.000 Frauen würden hier auf den „Richtigen"
warten. Man müsse sich nur ganz schnell anmelden.

„Ja, ich muss mein Leben von Grund auf ändern.
So kann es die nächsten tausend Jahre nicht weitergehen. Eine Frau muss her, eine die hier im Weihnachtsland mal gründlich aufräumt, für Ordnung sorgt und
den Wichteln auf die Pfötchen klopft. Die machen
doch, was sie wollen! So geht das nicht weiter."

Dann macht er sich an das Ausfüllen der Formula-
re. Mit seinen alten, knochigen Fingern ist das gar
nicht so einfach. Lange überlegt er, wie alt er ist. Als
er sich schließlich für 1267 Jahre entscheidet, es
könnte allerdings auch eins mehr sein, merkt er, dass
in dem Feld auf dem Formblatt nur zweistellige Zahlen möglich sind. Die Zwölf nimmt das System dann
nicht und sagt:

„Minderjährige haben hier keinen Zutritt!"

Na gut, dann trägt er eben die Siebenundsechzig
ein. Damit hat er die erste Hürde genommen.

„Weiter im Text! Was wollen die jetzt wissen? ‚Se-
xuelle Orientierung', was ist denn das?" Bei Orientierung fallen ihm nur die Himmelsrichtungen ein. Aber
er kann auch „egal" ankreuzen. Beim Wohnort wird
es komplizierter. Im Weihnachtsmannland gibt es
keine Postleitzahlen. Straßen sowieso nicht und Hausnummern demzufolge ebenfalls nicht. Er schreibt
einfach die nächstgelegen Stadt hinein, die Adresse
des Cafés mit dem herrlichen Schokoladenkuchen.

Endlich ist er durch. Erst jetzt merkt er, dass Mit-
ternacht längst vorbei ist. Er ist fix und fertig. Sein
Abendbrot hat er auch verpasst. Macht nichts, da wird
ihn der Gesundheitswichtel ausnahmsweise loben,
weil er ein paar Kilo weniger wiegt.

„Man muss immer großzügig nach oben aufrunden! Zumindest wenn es um abgenommenen Kilos geht", beschließt Claus. Dann drückt er auf „Absenden". Jetzt soll er noch seine Kontonummer eingeben.

„Na meinetwegen. Das kann ja wirklich nicht teuer sein!"

„Ploing!", macht der Computer. Eine E-Mail ist angekommen. Man bedankt sich für die Anmeldung. 287 Profile würden zu ihm passen.

„Was soll ich mit 287 Profilen. Ich habe selbst ein Profil, auch wenn es nicht mehr ganz taufrisch ist. Mir reicht das."

„Ploing!", macht sein Computer. Eine E-Mail ist angekommen. Uschi stellt sich vor. Uschi ist siebenundzwanzig und wäre ganz scharf auf ihn. Sie vermittelt auf dem Foto den Eindruck, gleich nach vorn überzukippen. Sicherheitshalber hält der Weihnachtsmann den Monitor fest. Der steht nicht sehr stabil, der hat neulich schon mal gewackelt, als Claus ein wenig was getrunken hatte.

„Nein, solch eine bombastische Uschi kommt mir nicht ins Weihnachtsmannhaus. Die bringt mir alle Wichtel durcheinander. Und dann fällt Weihnachten womöglich aus. Nein! Niemals!"

„Ploing!", macht sein Computer. Eine E-Mail ist angekommen. Schon wieder eine.

„Na das geht ja Schlag auf Schlag. Ich habe mich doch gerade erst angemeldet", wundert sich Claus.

„Ich bin der Joachim. Und ich stehe auf solche starken Männer, wie dich!"

„Spinnt der? Woher weiß der, wie stark ich bin? Ahnt er, dass ich der Weihnachtsmann bin? Will er ein besonders dickes Weihnachtsgeschenk abfassen? Wer hat ihm das verraten? Ich habe mich doch anonym angemeldet. … Oder hat die NSA … Die bekommen von mir diesmal nichts geschenkt! Außerdem hatten die letztes Jahr so ein dickes Weihnachtsgeschenk, dieses Riesenmikrofon. Das reicht für drei Jahre Weihnachten, mindestens."

„Ploing!", „Ploing!", „Ploing!", „Ploing!", „Ploing!", „Ploing!", macht sein Computer. Eine E-Mail nach der anderen ist angekommen. Der Weihnachtsmann ist überfordert und geht erst einmal ins Bett.

„Du meine Güte, war das ein aufregender Tag heute!" Im selben Moment schläft er lautstark.

Im Laufe der nächsten vierzehn Tage hat Claus viel zu tun. Genau 286 E-Mails trudeln nach und nach ein. Inzwischen weiß er auch, was ein Profil ist. Mit seinem Bauch hat das wenig zu tun.

„Eine E-Mail fehlt noch", denkt er, „Die hatten 287 passende Profile versprochen." Manchmal ist der Weihnachtsmann beileibe etwas pingelig! Doch die letzte E-Mail will einfach nicht ankommen. Claus überlegt, ob er sich bei dieser verdammten Partnervermittlung beschweren sollte. Die unterschlagen ihm eine Braut! Das geht ja wirklich nicht. Zwar war unter den bisherigen Angeboten keine Einzige, die ihm auch nur halbwegs zusagte. Etliche der Damen waren sogar Männer! Aber Ordnung muss ein. Wenn sie mit 287 Profilen locken, dann möchte er die auch zugestellt bekommen!

Während er wartet und grübelt, merkt er, dass die Nachrichten alle irgendwie gleich klingen. Selbst dieser eine, etwas peinliche Rechtschreibfehler ist fast in der Hälfte aller Texte zu finden.

„Geh mit mir im Pimmel meiner Liebe spazieren!", schrieben sie.

„Zufälle gibt es!", staunt Claus. Dann fällt ihm ein, dass statt des Pimmels vielleicht der „Himmel" gemeint sein könnte. Kann die halbe Menschheit nicht ordentlich schreiben? Verwenden die alle dasselbe Korrekturprogramm für die Rechtschreibung?

Sieben Tage später findet Claus die fehlende E-Mail im Spamordner. Als er die Nachricht liest, weiß er, weshalb der Spamfilter sie herausgefischt hat. Wenigstens hat die Warterei nach der letzten E-Mail nun ein Ende. Die Sucherei nach einer Weihnachtsfrau geht natürlich weiter. Sollte er eine andere Partnervermittlung probieren? Nein, diesen Gedanken verwirft er sofort. Noch so ein Debakel braucht er nicht. Für den Stress der Neuzeit ist er nicht gemacht. Der hat ihm bestimmt hundert seiner weißen Weihnachtsmannhaare gekostet.

„Soll ich mir eine Frau vom Weihnachtsmann wünschen?", fragt er sich scherzhaft. Er weiß natürlich dass er, der Weihnachtsmann, ihm, dem Weihnachtsmann einen solchen Wunsch nicht erfüllen kann.

„Da ist guter Rat teuer."

Claus nimmt sich am nächsten Tag vor, in dem Café mit dem herrlichen Schokoladenkuchen endlich wieder ein Stück von dem herrlichen Schokoladenkuchen zu futtern. Die Sonne scheint gnadenlos von oben herunter. Er findet einen kleinen, freien Tisch unter einem pinken Sonnenschirm. Allerdings disponiert er spontan von Schokoladenkuchen auf Schokoladeneis um. Diese verdammte Hitze …

„Ist bei Ihnen noch ein Platz frei?", spricht ihn eine Dame an. Sie ist rund, wie ein Kürbis, weißhaarig, wie der Weihnachtsmann, hat genau wie er eine rote, kullerrunde Nase und ein Lachen im Gesicht.

„Ja, nehmen sie Platz, hier ist es wenigstens schattig." Sie kommen sehr schnell ins Gespräch. Sie heißt Gudrun und ist 67 Jahre alt. Das passt ja perfekt. Mit den siebenundsechzig Lebensjahren hatte er sich bei dieser verrückten Partnervermittlung doch auch angemeldet. Claus erzählt, dass er den Schokoladenkuchen so mag, den es in diesem Café gibt, den er heute hitzebedingt durch eine Doppelportion Schokoladeneis ersetzten musste.

„Na, da müsstest du meinen Schokoladenkuchen erst mal kosten!", sagt sie. Die beiden sind längst beim „Du" angekommen. Da wird Claus mächtig neugierig und lässt sich von Gudrun gerne für morgen Nachmittag zu Kaffee und Kuchen einladen.

„Auf meinem Balkon habe ich einen großen Sonnenschirm", verspricht Gudrun.

Irgendwann muss er es mal beichten. Irgendwann muss sie es erfahren. Es fällt ihm schwer, er fürchtet, dass sie ihn auslacht. Heute ist es soweit. Heute erzählt er es ihr:

„Ich bin der Weihnachtsmann." Mehr sagt er erst einmal nicht.

„Das habe ich mir doch gleich gedacht. In meinem Alter hat man Menschenkenntnis. Und so, wie du aussiehst, dachte ich es mir von Anfang an."

Seitdem sind sie befreundet, Gudrun und Claus. Sie strickt jetzt im Akkord Socken für all die Kinder, Frauen und Männer, die sich warme Wollstrümpfe vom Weihnachtsmann wünschen. Sie kann gut und schnell stricken. Weil die Weihnachtsmannsocken so gut wärmen, wünschen sich immer mehr Leute warme Stricksocken vom Weihnachtsmann. Gudrun hat das ganze Jahr über viel zu tun. Fünf Helferwichtel hat ihr der Weihnachtsmann zur Seite gestellt. Einer vernäht die Fäden, einer übernimmt den Transport der Wolle aus dem Lager und der fertigen Socken zu den Einpackwichteln, der Dritte macht die gesamte Abrechnung, schreibt Listen und sagt, welche Sockengröße gerade benötigt wird. Der Vierte klebt die Schilder mit den Namen der Empfänger auf die Socken. Und Nummer Fünf spitzt Gudruns Stricknadeln immer wieder an.

Ja, so ist das Leben im Weihnachtsmannland. Und wenn wirklich mal etwas weniger zu tun ist, dann backt Gudrun ihren legendären Schokoladenkuchen und lädt Claus zu Kaffee und Kuchen ein. Für die Wichtel hat sie stets eine riesige Ladung Weihnachtsplätzchen mit Schokoladenüberzug bereitliegen. Die kommen zwischendurch und stibitzen eine Hand voll. Gudrun freut sich, dass es allen so gut schmeckt.

Weitere Geschichten

„Mittendrin und Drumherum"

gibt es in den ersten beiden Bänden dieser Reihe zu lesen. Zu erhalten sind sie als print-Ausgabe oder eBook in den gängigen Internetportalen und allen Buchläden.

Band 1: Lieblich bis Zartbitter
(BoD 2015, 76 Seiten, ISBN 978-3-7347-6166-9)
Liebe ist das Salz im Leben. Ohne Liebe schmeckt es fad.

Es beginnt mit einer Liebeserklärung an ein Flittchen, eine etwas schmuddelig daherkommende, kiffende Angebetete. Wer schreibt noch Liebesbriefe – heute und in hundert Jahren? Wie lernt man sich kennen? Über Flirtportale und gibt es im Zeitalter der totalen Überwachung noch Blind Dates? In einer Frankfurter Liebesgeschichte läuft der Protagonist liebeskummerbeladen quer durch Frankfurt.

Band 2: Zwischen Alltagswahn und Fankurve
(BoD 2015, 148 Seiten, ISBN 978-3-7386-3897-4)
Es sind Texte aus dem Alltag, Geschichten, wie wir sie erleben, ohne uns Gedanken zu machen. Die Situationen sind skurril und gewöhnlich. Jeder Moment bringt Besonderes. Worte sind wie Pinsel und Farbe. Es entstehen bunte Bilder des Lebens. Mit Fantasie, Humor, Ironie und ein wenig Sarkasmus wird unsere Welt im Büro, zu Hause, unterwegs, ... abgebildet. Auch die Liebe und das Verhältnis zwischen Frau und Mann kommen nicht zu kurz. Manche Szenen werden überspitzt, um ihr Wesen heraus zu arbeiten, sie interessant, spannend und lesenswert zu machen.

Nachtrag

Sie möchten noch mehr vom Autor und Blogger Rainer Franke lesen? Dann schauen Sie im Internet vorbei:

www.twilightfoto.wordpress.com

Besuchen Sie diese Webseite immer Mal wieder! Es lohnt sich bestimmt. Dort gibt es wöchentlich neue Kurzgeschichten und schöne Fotos zu entdecken. Und: Sie verpassen keine Neuigkeiten.

Wenn Ihnen die Geschichten in diesem Band gefallen haben, können Sie es dort kundtun. Falls nicht, lassen Sie ihrer Kritik freien Lauf. Der Autor freut sich über jede ehrliche Meinung.

* * *

Sie suchen ein außergewöhnliches Geschenk für Ihre Lieben? Ich habe da eine Idee:

Gerne lese ich meine Texte vor - im Park, am Ufer, im Café, Garten oder Wohnzimmer. Und vielleicht auch bei Ihnen? Was ich dazu brauche? Nicht viel: Meine Texte sowie meine Lieblingsmusik, damit die Lesung nicht zu trocken wird. Außerdem einen Stuhl, ein Glas Wasser, Lutschbonbons für die Stimme und nette Zuhörer. Zu teuer! Nee, wirklich nicht - versprochen. Auf meiner Homepage finden Sie die Kontaktdaten.